Frank Kreisler

Der Mühlengeist

Edition
Hamouda

Julia und Leon sind zu einer uralten Wassermühle unterwegs, aus der längst ein Ferienhotel geworden ist. Genau hier werden sie den Sommer verbringen. Was sie nicht wissen: Seit Jahrhunderten haust ein geheimnisvoller Mühlengeist in den alten Gemäuern. Kurz bevor sie eintreffen, verlässt der seine Gruft durch die Wand und steht plötzlich in der Küche. Die Wirtsleute sind entsetzt und fliehen. Der Mühlengeist zieht sich wieder zurück. Jetzt treffen Julia und Leon ein, entdecken das reinste Chaos und kommen bald einem furchtbaren Kriminalfall auf die Spur, der lange, sehr lange zurückliegt ...

Frank Kreisler
1962 in Rostock geboren, war als Buchbinder, Bibliothekar und Lektor tätig. Nach seinem Studium am Deutschen Literaturinstitut in Leipzig (1990 – 1993) arbeitete er an der Kinderzeitschrift „Benjamin" mit. Heute ist er als freiberuflicher Autor in Leipzig tätig.

Weitere Titel des Autors sind in der Edition Hamouda erschienen:

Magisches Kanu, 2009
Die Mumien mit der Zankapfeluhr, 2011

2. Auflage

Umschlagbild und Illustrationen: Marga Lenz
Druck: PBtisk s. r. o., Příbram

ISBN 978-3-940075-48-2
www.hamouda.de

Frank Kreisler

Der Mühlengeist

oder

Ein Einbrecher aus der Wand

Mit Illustrationen
von Marga Lenz

Edition
Hamouda

ANREISE MIT HINDERNISSEN

„Ist das nervend bei dieser Hitze“, stöhnte Leons Vater hinter dem Lenkrad. Am liebsten hätte er Gas gegeben. Aber genau das war nicht möglich.
Der Schweiß rann ihm am Hals entlang in den Hemdkragen. Die Klimaanlage war bei diesen Temperaturen keinen Pfifferling mehr wert. Seit zwei Wochen war es so heiß, als würde die Sonne alle Vogeleier dieser Welt gleichzeitig ausbrüten.
Wie immer hatte der Urlaub im Stau begonnen. Stundenlang waren sie mit ihrem Kleinbus in der Blechlawine eingeklemmt. Das war rekordverdächtig. Julia hätte darauf zu gern mit einer eisgekühlten Wasserflasche angestoßen. Doch alle Wasserflaschen waren nach der ersten halben Stunde im Stau leergesüffelt und längst wieder verdunstet. Und an Eis – lieber nicht denken. Die Klamotten klebten am Körper und die Zunge war fest an den Gaumen getrocknet. Man bekam kein Wort mehr heraus. Ohne Spucke bleibt einem jedes Wort im Halse stecken. Wenn hier jemand noch träumen konnte, dann zum Wahnsinnigwerden von Wasser und Eis.
Stoßstange an Stoßstange standen die Autos auf drei heißen Spuren wie angetuckert. Die Sonne prasselte erbarmungslos auf Autodächer und Cabrioköpfe. Die Luft flirrte. Der Asphalt war weich geworden und wälzte sich hier und da von der Straße.
Was konnte man tun? Gar nichts, außer warten. Mal ehrlich:

Jeder hatte doch mit einem so katastrophalen Ferienbeginn gerechnet! Aber wie immer hatten doch alle, die vor dem tatsächlichen Ferienbeginn Schlange stehen mussten, gehofft, dass es in Windeseile (O Gott, bloß nicht an Wind denken!) an den Urlaubsort geht.
Am späten Nachmittag kam wieder Bewegung in die erstarrte Blechlawine. Doch noch war nichts überstanden. Es hieß, einige Autos waren in der pechschwarzen Asphaltpampe stecken geblieben, sogar einige Zentimeter tief eingesunken. Allein kamen sie da nicht mehr heraus. Lkws zogen sie aus dem zähen Untergrund. Irgendwann hatten alle Fahrzeuge wieder freie Fahrt und Leons Vater dachte: Na bitte, geht doch. Warum nicht gleich so!
Doch noch war der Kleinbus mit den sechs staugeplagten Urlaubern nicht auf dem Mühlenhof angekommen. Ein kleinerer Baustellen-Stopp lag noch auf dem Weg. Und verfahren hatten sie sich auch noch zweimal. Macht zusammen einen halben Tag Verspätung.
Aber jetzt hatten sie es geschafft.
Der Mühlenhof lag ein Stück außerhalb der Stadt Blauenburg und im wuchernden Grün versteckt. Die Sonne stand knapp über den Bäumen. Nicht mehr lange und sie würde hinterm Wald verschwunden sein.
„Das wird aber auch Zeit!“, seufzte Julia hörbar.
„Was meinst du?“, fragte Leon zurück.
„Das Ungetüm da!“, deutete Julia in Richtung des versinkenden Feuerballs und dann auf ihren knallroten Nacken.
Beide hatten auf der hintersten Bank des Kleinbusses gesessen. Leon hatte sich gleich zu Beginn ein weißes T-Shirt über Nacken und Schultern gelegt. Julia nicht. Sie fand das überflüssig. Doch nach zwanzig Minuten fühlten sich ihre Schultern an, als hätte die Sonne einen Satz heißer Nadeln auf sie

abgefeuert, die da alle stecken geblieben waren. Was Julia auch tat, der Sonnenbrand schmerzte höllisch.
„Wie eine Verkehrsampel bei Rot!“, war Leon tief beeindruckt.
„Mitfühlender geht's wohl nicht!“ Julia war sauer.
„Soll ich's dir einreiben?“, rang er sich fast zu einer Entschuldigung durch.
„Jetzt nicht. Später vielleicht“, gab sie ihm einen Korb.
Angenehm kühl strich der Abendwind über ihren Nacken. Doch auf die Dauer konnte das bisschen Wind nichts gegen den Flächenbrand auf ihrer Haut ausrichten.
Ein erfrischendes Rauschen hatte ihre Aufmerksamkeit erregt. Es kam aus einem hölzernen Anbau hinter dem Haus, einem ziemlich großen Schuppen. Sie zog die quietschende, widerborstige Brettertür auf. Das Rauschen wurde stärker. Irgendetwas ratterte gemächlich dazwischen. Es war dunkel in dem Verschlag und so gut wie nichts zu erkennen. Egal. Eine atemberaubende Kühle strömte Julia entgegen. Sie schloss die Augen und genoss diese unerwartete Erfrischung, mit ein paar kalten Wasserspritzern als i-Tüpfelchen. Ah, wie angenehm!
Leon war ihr gefolgt. Links neben der Tür fand er den Lichtschalter. Das Licht war trübe und bahnte sich mühsam seinen Weg durch ein Gewirr von Spinnennetzen.
„Siehst du, das Wasserrad. So fünf, sechs Meter im Durchmesser“, erklärte er. „Schon mal so was gesehen?“
Plötzlich schrie Julia laut auf.
„O Gott, was ist denn das gewesen?!“ Sie war völlig von der Rolle, wie aus heiterem Himmel.
„He, Julia, was ist los?“ Leon war ratlos.
Hatte er was falsch gemacht? Er überlegte kurz. – Nein, nicht dass er wüsste.
„He, Julia!“, versuchte er es sanft.

Das Mädchen starrte durch die Speichen des Wasserrades an die gegenüberliegende Wand aus rohem, ausgewaschenem Backstein.
„Hast du es auch gesehen?“ Ihre Stimme zitterte vor Erregung.
„Was soll ich gesehen haben?“, fragte Leon.
„Hinter dem Rad saß ein Junge mit einem traurigen Gesicht. Ja, ganz deutlich, mit großen dunklen Augen“, begann sie.
„Ich sehe nichts“, meinte Leon.
„Er saß im Dunkeln“, fuhr sie unbeirrt fort. „Als du das Licht angemacht hast, verschwand er im Bruchteil einer Sekunde. So wie Ratten panisch ins Dunkel fliehen, bringt jemand Licht in ihr Revier. Doch bevor er abgehauen ist, hab ich ihn gesehen.“
„Wie sollte er einfach so verschwinden? Es gibt nur diese Tür. Er wäre an uns vorbeigerannt“, wandte Leon achselzuckend ein.
„Trotzdem hab ich ihn gesehen“, beharrte Julia.
Sonnenstich, dachte Leon.
Plötzlich rief jemand vom Haus her: „O Gott, kommt schnell her!“

WAS IST EINE BEGRÜSSUNGSFALLE?

Leons Vater fand als Erster seltsam, dass sich die Wirtsleute nicht sehen ließen. Hatten sie vielleicht Karotten in den Ohren oder ein Gedächtnis wie ein Sieb und ihre Gäste einfach vergessen?

Während Leons Mutter im monströsen Außenspiegel des Autos zufrieden ihre Haare ordnete und Julias Eltern hingegen haareraufend feststellen mussten, dass keiner von beiden Post und Zeitung abbestellt hatte und, was für den Briefkasten bestimmt war, wohl bald in der Mülltonne landen würde, ging Leons Vater zur Haustür herum. Da wird es ja wohl eine Klingel geben, dachte er.

Sturmklingeln war vor vielen Jahren sein Spezialgebiet. Sein Klingelrezept damals: erst lang anhaltend, dann kurz hintereinander und das alles immer wieder. Es gab keinen friedlichen Menschen, der da nicht zum Stier geworden war. Er schmunzelte.

Plötzlich blieb ihm das Lachen im Halse stecken. Was war das? Die Tür stand sperrangelweit offen. Schuhe, Eimer und Besen lagen wie von einer Detonation vor die Haustür geworfen.

„O Gott, kommt schnell her!“, rief Leons Vater, im Gesicht weiß wie frischer Quark.

Niemand trödelte. Auch Julia und Leon kamen, so schnell sie konnten. Da schien ernsthaft was passiert zu sein!

Merkwürdig, dass im Haus kein Licht brannte, obwohl man im

Haus schon längst welches gebrauchen konnte. Dunkel und geheimnisvoll lag der Flur vor ihnen. Die Haustür war nach außen aufgestoßen. Rechts hing ein länglicher Spiegel an der Wand. Drunter war ein bisschen was von einer Kommode zu sehen, die sich im Dunklen verlor. Der Boden war gefliest.
„Hier stimmt was nicht", fasste sich Leons Vater wieder und drückte den Klingelknopf.
Es schrillte ohrenbetäubend in die angespannte Stille hinein.
Im Haus blieb alles still.
Er drückte noch einmal. Außer Schrillen wieder nichts.
„Vielleicht schlafen sie ja schon ...", meinte Julias Mutter leichthin, war davon aber selber nicht so richtig überzeugt.
„Aber sie werden uns ja wohl erwartet haben", wandte Julias Vater ein.
„Ja, aber was ist es dann?", erwiderte sie ängstlich.
„Woher soll ich das wissen?", meinte ihr Mann gereizt.
Erst die Post vergessen und dann das! Klasse, wie der Urlaub mal wieder beginnt, dachte er. Wo stecken die Leute bloß? Er war müde und wollte ins Bett.
Aus Julias Gesicht war das Blut gewichen. Müdigkeit und die geballten mysteriösen Ereignisse machten sich bemerkbar. Sie zog Leon zur Krisenbesprechung ein Stück abseits.
„Was ist los?", fragte Leon.
„Unsere Wirtsleute sind aus dem Haus geflohen", meinte Julia plötzlich.
„Warum sollten sie das tun?", fragte er erstaunt.
„Sachte. Das ist noch nicht die Frage", erwiderte sie. „Die Frage ist: Warum steht die Tür überhaupt offen? Vor allem aber: Warum brennt im Haus kein Licht?"
„Jemand hat vergessen, die Tür zu schließen. Das ist zwar selten schusslig, aber so was kommt vor. Das Licht brennt nicht, weil die Leute zu einer Tageszeit schusslig gewesen sind, als es

noch hell war", beantwortete er ihre Fragen schlüssig, wie er glaubte.
Julia nickte.
„Klar, aber einen entscheidenden Punkt hast du vergessen", meinte sie.
Leon überlegte angestrengt.
„Ach ja, welchen denn?" Er kam nicht drauf.
„Das Haus ist nicht irgendeins", half Julia.
„Richtig, das ist eine Mühle, eine Wassermühle sogar. Ziemlich selten heutzutage ..."
„Ja, ja, das auch. Aber das hier ist unser Urlaubsquartier", unterbrach sie Leon.
„Die Wirtsleute haben uns erwartet. Mein Vater hat gestern Abend noch angerufen und gesagt, dass es spät werden kann. Da gehen sie doch nicht einfach, ohne irgendeine Nachricht zu hinterlassen, weg und lassen für ihren Besuch schon mal die Haustür offen stehen! Da kann doch jeder die Bude ausräumen. – Nee, Leon, die sind Hals über Kopf geflüchtet. Fragt sich nur, warum und wohin? Kam vielleicht ein sooo wichtiger Anruf, dass sie alles stehen und liegen ließen und bis jetzt nicht zurückgekommen sind? Oder ...", machte sie eine Pause, um nun die Bombe krachen zu lassen: „Irgendetwas hat sie aus dem Haus getrieben. Wenn du mich fragst, lauert der Grund für ihre Flucht noch im Haus!" Sie dachte an den Jungen am Wasserrad.
Groß und rund wurden ihre Augen, als sie das erzählte. Wie bei einem nachtaktiven Tier, das mit seinen großen Augen im Dunkeln gut sehen kann. Julia schien Dinge und Zusammenhänge zu erkennen, die anderen im Dunkeln verborgen waren.
„Du meinst, deine Erscheinung hat da ihre schrecklichen Finger im Spiel", schlussfolgerte Leon skeptisch und auch ein wenig belustigt.

„Wer weiß. Auf jeden Fall scheint etwas sehr Geheimnisvolles im Gange zu sein. Das ist sicher.“ Mehr sagte Julia nicht.
Unschlüssig standen die Urlauber vor dem Haus, die Taschen kreuz und quer neben sich, wie auf Knopfdruck fallen gelassen.
„Ein klassischer Fehlstart.“ Leons Mutter war restlos bedient.
„Was ist denn nun?“, versuchte Julias Mutter die Runde auf Trab zu bringen.
„Schlagen wir doch einfach Wurzeln und machen wir gleich vor der Haustür Urlaub?“
Je größer der Frust, desto schräger der Humor.
„Also los, worauf warten wir? Die Tür steht offen“, nahm sie ihre Tasche und ging voran.
Die anderen hätten wohl tatsächlich Wurzeln geschlagen, wenn Julia und Leon ihr nicht gefolgt wären.
Julias Mutter suchte nach dem Lichtschalter, fand ihn aber nicht gleich. Erst nach ein paar Minuten flammte eine wattstarke Deckenleuchte auf.
„Mein lieber Scholli“, meinte Julias Vater tief beeindruckt, als er nun in das Haus sah. „Das ist ja kein Flur, sondern eine ..., eine ...“ Er fand kein geeignetes Wort.
„Eine Empfangshalle“, half seine Frau ihm weiter.
„Du sagst es“, meinte er dankbar.
„Schätzungsweise zehn mal zehn Meter und sieben Meter hoch. Was meinst du?“, wandte sich Julias Vater an seine Frau.
„Ich würde jeweils noch einen Meter drauflegen“, antwortete sie großzügig.
Julia seufzte. Als ob das wichtig wäre!
Während die Erwachsenen aus dem Staunen nicht herauskamen, sah Julia sich um.
Sie registrierte alles, was in ihr Blickfeld geriet.
Dieser Flur schien der zentrale Raum des Hauses zu sein. Von

hier aus konnte man durch sieben Türen in ebenso viele Räume gehen. Vorausgesetzt, jeder Raum war nur durch eine Tür begehbar. Konnte man beispielsweise einen Raum durch zwei Türen betreten, gab es eben nur sechs Räume. Eine Treppe führte ins Ober-, eine andere ins Kellergeschoss. Gegenüber der Eingangstür befand sich ein halbbogenförmiger Durchgang, der einen halben Meter tiefer lag als der Flur. Keine Treppe, sondern eine Schräge führte hinunter. Was sich hinter dem Durchgang befand, lag buchstäblich im Dunkeln. Wahrscheinlich, dass da noch eine Tür war. Aber zu erkennen war das nicht.

Die Erwachsenen hatten die Taschen im Flur abgestellt und warteten.

Bis jetzt hielt Julias Mutter die offene Tür und die ausgestreuten Sachen für eine originelle Begrüßungsfalle, in die sie getappt waren. Eigentlich warteten sie darauf, dass die Wirtin mit einem strahlenden Lächeln und einem Tablett voller Sekt- und Saftgläser um die Ecke gerauscht kam und wissen wollte, wie der Scherz mit der offenen Tür bei ihnen angekommen war. Ob es sie vielleicht gegruselt hätte oder sie schon die Polizei rufen wollten? Aber niemand ließ sich blicken.

JEMAND ABSEITS IM DUNKELN

Man hatte ihn hier allein gelassen. Das war unerträglich für ihn. Einfach allein gelassen. Warum haben sie das getan und warum kam er hier nicht weg? Er wusste es nicht. Nicht mit absoluter Gewissheit. Diese Frage hatte sein Hirn schon oft gemartert, aber eine Antwort hatte er bisher nicht gefunden. Hatte er ihnen zu oft widersprochen? Hatte er zu dunkle Haare oder einen Pickel zu viel auf der Nase? Oder was konnten sie an ihm nicht leiden? Vielleicht würde er sich rächen. Mal sehen. Aber zuvor wird er sich in Erinnerung bringen. Sie sollten merken, dass er noch da war. Sie sollten wissen, dass man ihn nicht so ohne Weiteres in ein finsteres Loch werfen und vergessen konnte. Dafür würde er schon sorgen.

Aber irgendetwas war anders geworden. Er spürte das. Sie waren nicht mehr dieselben. Sie sahen ganz anders aus, nicht mehr so wild und grausam. Hatten sie sich verändert? Warum hatte er früher davon nichts bemerkt? Hatte er geschlafen? Wie lange? Und was war das für ein Mädchen, das da in der Tür gestanden und zu ihm herübergesehen hatte? Er war sicher, sie hatte ihn gesehen. Sie war erschrocken, genau wie die beiden alten Leute, die an einem Tisch aßen. Warum erschrickt man, wenn man ihn zu Gesicht bekommt? Er wusste es nicht. Er hatte zu viele Fragen. Viel zu viele, wie er meinte. Er kannte sich einfach nicht aus und hatte von nichts eine Ahnung. Aber da war etwas, was ihm aufgefallen war. Und das gefiel ihm

überhaupt nicht: Er verspürte weder Hunger noch Durst. Als das Mühlenrad seinen Kopf streifte, tat nichts weh. Eine Platzwunde wäre aber das Mindeste gewesen. Aber er blutete nicht einmal. Warum war er nicht erleichtert?
Er konnte neuerdings durch Wände gehen.
Er hockte noch immer in dem feuchten Loch. Wasser rann wie damals von den Wänden. Nebenan rumpelte das Wasserrad, über das sich das Wasser noch immer in gewaltigen Kaskaden ergoss. Allein in diesem immerwährenden Gedonner konnte man noch heute ertrinken. Es nahm einem die Luft und vor Angst, das Wasser bräche plötzlich durch die Wand, irgendwann den Verstand und die Stimme. Er kannte das. Wie lange war das schon her?

HIER HAT EIN TORNADO GEWÜTET

„Kommt hier nicht bald mal jemand?" Julias Mutter seufzte. Die Warterei nervte.
Sie kamen sich wie Eindringlinge vor und gingen wieder aus dem Haus. Die Taschen ließen sie im Flur. Die Erwachsenen hielten Ausschau nach heranrasenden Autos oder Fahrradfahrern, eben jemandem, der kam, um sich endlich um sie zu kümmern.
Julia zupfte Leon am Ärmel. Beide waren im Haus geblieben. Das neugierige Mädchen zog Leon durch eine offene Tür in einen dunklen Raum.
„Mal sehen, was da drin ist", sagte sie und machte Licht.

„Um Gottes willen!“, entfuhr es ihr. „Was ist denn hier passiert?“
„Es sieht aus, als hätte ein Tornado gewütet“, staunte Leon.

Die beiden einzigen Stühle lagen umgestürzt auf den Fliesen. Ein Stuhlbein lag abgebrochen daneben.
Auch der Küchentisch war umgestürzt. Die Tischfläche stand senkrecht wie ein Schutzschild.
Leon sah auf den Boden.
„Sieh dir das an, zerbrochenes Geschirr, Messer, Gabel, Wurstpelle, zerbröselter Käse und verkrümelte Brotscheiben liegen da herum. Sie hätten ja wenigstens den Tisch abräumen können, bevor sie ihn umstießen ...“
„Ihnen blieb keine Zeit“, war Julia überzeugt.
Leon grübelte.
„Der Schild zeigt in Richtung Wand. Von da kam auch die Gefahr“, sagte sie.
„Wo ist eigentlich der Butterteller?“, meinte Leon plötzlich. Er vermisste ihn. Butter gehörte für ihn zu einem gedeckten Tisch. Ohne Butter schmeckt kein Brot.

„Na rate mal", ließ Julia Leon zappeln.
Sie hatte die Butter längst entdeckt.
Der Junge sah sich auf dem Fußboden um.
„Guck höher", half ihm Julia.
Und da sah er den Fleck an der Wand. Jemand hatte den Butterteller mit voller Wucht dagegengeworfen. Der Fettfleck war handtellergroß. Noch immer lief die Butter, bei den sommerlichen Temperaturen längst zähflüssig geworden, an der Tapete hinunter.
„Wo ist der Teller geblieben?", wollte Leon wissen.
„Weiß ich nicht. Ist doch auch egal, oder?", meinte nun Julia.
„Das finde ich nicht. Jedes Puzzlestück ist wichtig", sagte Leon, suchte weiter und wurde fündig:
„Ich hab ihn, vielmehr das, was von ihm übrig geblieben ist."
Aus dem Teller war ein Puzzle aus mindestens eintausend Teilen geworden, die verstreut auf dem Fußboden lagen.
„Den hat jemand gegen die Wand gepfeffert. Ist ja klar, so was übersteht kein Teller. Die Bruchstücke sind kreuz und quer durch die Küche geflogen und könnten auch die Wirtsleute verletzt haben. Aber vielleicht sind sie rechtzeitig hinter den Schild geflüchtet. Es zeigt zum Butterfleck. – Weißt du, was das bedeutet?"
Julia wusste es nicht.
„Ich helfe dir. Das Stichwort heißt Luther, Martin ist sein Vorname", meinte er nun.
„Keine Ahnung." Julia hob ratlos die Schultern.
„Gut", meinte Leon. „Ich bau dir eine Eselsbrücke. Kein Butterteller, sondern ein Tintenfass war bei Luther das Wurfgeschoss. – Dämmert es nun?"
Julias Gesicht hellte sich auf.
„Na klar: Luther, Tintenfass, Teufel, Wartburg", rannte Julia sozusagen auf die Eselsbrücke und fuhr fort: „Luther hatte

sich auf der Wartburg versteckt. Er wurde von seinen Gegnern verfolgt. Doch in Sicherheit war er nie. Er fühlte sich bedroht. Das geht wohl jedem Gejagten so. Eines Abends packte ihn der Rappel, vielleicht hatte er auch nur zu tief ins Weinglas geschaut. Auf jeden Fall sah er die Wurzel allen Übels seiner Zeit, nämlich den Teufel, durch sein Zimmer spazieren und warf voller Zorn sein Tintenfass nach ihm. Doch das flog voll daneben. Der Teufel verschwand hämisch grinsend, doch der Fleck war noch lange Zeit an der Wand zu sehen. So nach und nach haben Souvenirjäger den abgekrümelt. – Aber was willst du damit sagen?" Julia war gespannt.

„Ist doch klar. Auch die Wirtsleute haben ungebetenen Besuch wie damals Luther bekommen. Sie haben den nicht mit einem Tintenfass, sondern mit dem Butterteller bekämpft. Auch ihr Geschoss ging voll daneben. Nicht umsonst klebt die Butter an der Wand. Es gibt aber einen entscheidenden Unterschied: Luther hatte keine Zeugen und seine Story ist nur eine Legende geworden. Doch in diesem Haus haben beide dasselbe gesehen. Sie haben sich verteidigt, und als das nichts gebracht hat, sind sie geflohen. Verstehst du, der eine ist der Zeuge des anderen. Aber es gibt noch eine dritte Zeugin: dich. Schließlich ist dir der Typ auch über den Weg gelaufen", präsentierte Leon seine Schlussfolgerung.

Alle Indizien, die sie bisher gesammelt hatten, führten in eine Richtung: Im Haus hielt sich ein ungebetener Besucher auf.

Aber womit hatte er die alten Leute vertrieben? Und warum gerade jetzt?

BITTE KEINEN KAFFEE

Der Arzt Doktor Salbius war vor einigen Stunden auf die Polizeiwache gerufen worden. Dahin hatten sich die Wirtsleute Anna und Erwin Möllner aus der Wolfsmühle geflüchtet. Erwin Möllner sprach ständig von einem Einbrecher, der partout nichts stehlen wollte, nicht einmal ein Käsebrot. So stellte sich für den diensthabenden Polizeibeamten Markus Schlöpfner das Problem anfangs nicht als ein kriminalistisches dar. Er hielt die beiden alten Leute für ein bisschen überdreht. Deshalb hatte er den Arzt kommen lassen. Ohne ihn wollte der Polizist nicht mit dem Verhör beginnen.

Das Vernehmungszimmer war spärlich ausgestattet und nicht gerade einladend. In der Mitte stand ein rechteckiger Holztisch. Das Tischtuch war wohl gerade in der Wäsche. Auf jeden Fall lag keines da. An die beiden längeren Tischseiten waren je zwei Stühle geschoben, also immer zwei gegenüber. Von der Decke hing eine schlichte Lampe etwa einen Meter über dem Tisch. Die Lampe bestand nur aus einem winzig kleinen albernen Schirm, der im grellen Licht der Glühbirne kaum zu sehen war. Die Wirtsleute saßen auf der einen Seite des Tisches, der Polizist saß ihnen gegenüber. Zur Beruhigung der strapazierten Nerven hatte er dem betagten Ehepaar starken Kaffee serviert.

„Beruhigungstee hätten Sie ihnen geben sollen, aber doch keinen Kaffee. Aufgeregt sind sie doch schon genug“, rüffelte

Doktor Salbius den gedankenlosen Schlöpfner.
„Wenn ihnen der Kaffee zu stark ist, werden sie ihn schon nicht trinken“, brummte er verlegen.
Die Meinung des Arztes war dem Polizisten vor allem in einer anderen Frage wichtig. Noch war nicht entschieden, ob die Angelegenheit ein Kriminalfall oder eher ein Fall für den Arzt war. In der Polizeiküche fanden sich ein paar Beutel Pfefferminztee. Die Kaffeetassen wurden weggeräumt. Als zwei Tassen mit dampfendem Tee auf dem Tisch standen, ermunterte der Polizeibeamte Anna und Erwin Möllner ein wenig belustigt, wie Doktor Salbius fand:
„Na, dann erzählen Sie mal!“

DER EINBRECHER AUS DER WAND

Na endlich! Das ließ sich der alte Mann nicht zweimal sagen. „Also, wir wohnen in der Wassermühle unten am Fluss, haben da eine Pension mit knapp 20 Zimmern“, begann er. Das war allgemein bekannt, auch Schlöpfner wusste davon. Die beiden Alten galten in der Stadt zwar als fleißig und rührig. Man glaubte aber auch, dass sie voll merkwürdiger Ideen steckten. Und in der Wassermühle, so munkelte man, würde nicht alles mit rechten Dingen zugehen. Die meisten belächelten das Gerede als Aberglauben, aber schauerliche Geschichten von der alten Wolfsmühle hielten sich hartnäckig. Also nicht nur aus Sorge um die Möllners hatte der Polizist den Arzt gerufen. Vor allem wollte er nicht irgendwelchen Geschichten auf den Leim ge-

hen. Das könnte seinem Ruf als pfiffigen Polizisten schaden.
„Gestern sind unsere Gäste abgereist, ab heute Abend erwarten wir neue. Deshalb hatten wir bis heute Nachmittag mit Zimmerputzen und Bettenbeziehen zu tun. Aber nach fast dreißig Jahren sitzt jeder Handgriff. Wir waren früh fertig ..."
„Wann genau?", wollte der Polizist wissen.
„Na – so gegen fünf Uhr. Die ersten Gäste wollten ursprünglich heute Nachmittag kommen. Sie hatten sich aber gestern noch mal gemeldet und gesagt, dass sie möglicherweise später kommen, irgendwann am Abend oder so. Wir hatten noch viel Zeit. – So, und jetzt geht es los!"
Damit kündigte der alte Mann an, dass die Plauderstunde vorüber war. Seine Hände zitterten, die Augen bekamen einen leicht fiebrigen Glanz. Was nun kam, hörte sich einfach unglaublich an:
„Meine Frau Anna und ich hatten Hunger", begann er nun und wusste bald nicht mehr, wie er vor lauter Aufregung auf dem unbequemen Stuhl sitzen sollte.
„Wir hatten also Hunger und gingen in die Küche. Meine Frau kochte Tee, ich deckte den Tisch. Und plötzlich hämmerte jemand gegen die Wand ..."
„... gegen die Tür", verbesserte ihn der Polizist.
„Wenn ich Wand sage, dann meine ich Wand", beharrte der Alte.
„Na gut, also nicht gegen die Tür, sondern gegen die Wand. – Gegen welche Wand eigentlich?", fragte der Polizist, der glaubte, Erwin Möllner bekam da etwas durcheinander.
„Die Wand, hinter der sich das Mühlrad dreht. Die Wand ist immer ein bisschen feucht, mal mehr, mal weniger. Deshalb steht da auch kein Schrank", antwortete er.
„Sie sind sicher, dass es nicht doch an die Tür geklopft hat?", fragte der Polizist. Als er nun Erwin Möllners gerunzelte Stirn

sah, fuhr er beschwichtigend fort: „Ich frage ja nur, weil die Tür bestimmt nur ein paar Schritte von dieser Wand entfernt ist."
„An die Wand hat es geklopft", antwortete der Alte wütend.

„Ich frage mich aber", sagte der Polizist nun, „wie jemand hinter das wasserschaufelnde Mühlenrad gelangen und so heftig gegen die meterdicke Wand hämmern soll, dass Ihnen auf der anderen Seite der Schreck in die Glieder fährt. Vom Grund, so etwas Verrücktes zu tun, ganz zu schweigen."
„Das weiß ich ja auch nicht", gab der alte Mann zu. Sobald er nämlich über die Angelegenheit nachdachte, wurde er ratlos.
„Dafür ist die Polizei doch da. Ich sage nur, was ich gesehen und gehört habe. Was dahintersteckt, müssen Sie herausfinden", meinte Erwin Möllner.
„War das schon alles?", mischte sich nun Doktor Salbius in die Befragung ein. Er konnte es nicht glauben, dass jemand wegen einmal an die Wand Klopfens gleich zur Polizei rennt.
„Das Schärfste kommt jetzt", mischte sich Anna Möllner ein.
„Ja, erzähle du mal weiter", überließ Erwin Möllner seiner Frau

das Wort. Er riss sich nicht darum.

„Anfangs dachten wir ja, da ist was mit dem Mühlrad. Aber das drehte sich, knarrte und quietschte wie immer. Man hört das ja kaum noch. Das Pochen hatte mit dem Mühlrad und dem Getriebe nichts zu tun. Das war von anderer Art", fuhr sie fort.

Doktor Salbius versuchte mit einem verstohlenen Blick herauszufinden, ob die Frau unter ihrer schneeweißen Haarpracht ein Hörgerät trägt, und wenn ja, ob daran vielleicht etwas kaputt war. Besonders geschickt stellte er sich allerdings nicht an. Sein auffälliger Blick erboste Anna Möllner.

Sie begriff den unverschämten Verdacht. Kein Wunder, dass sie nun fuchsteufelswild wurde.

„Ich kann auch ohne Hörgerät das Gras wachsen, die Mücken niesen und Ihren Stuhl, mein lieber Doktor, manchmal ganz leise knarren hören", entgegnete sie resolut und schaute den Arzt nicht gerade freundlich an.

Der Doktor wurde im Gesicht rot vor Scham. Schließlich hatte ihn die Frau, die er eigentlich begutachten sollte, gleich zweimal ertappt. Einmal mit dem Hörgerät. Und dann hatte er zu Mittag zu viele weiße Bohnen gegessen. Davon knarrte der Stuhl manchmal. Na ja, zumindest hörte es sich so an.

„Wie gesagt, das Pochen hatte nichts mit dem Mühlenrad zu tun", nahm Frau Möllner das eigentliche Gesprächsthema wieder auf.

„Das wurde uns erst später klar", bekräftigte ihr Mann.

„Wann?"

„Das kommt gleich. Immer der Reihe nach, junger Mann", ließ sich die Frau nicht aus der Ruhe bringen.

„Wir hatten den Tisch gedeckt, mit allem, was so dazu gehört: Teller, Tassen, Besteck, Wurst, Käse, Butter und so weiter. Plötzlich stand er da."

„Wer?", wollte der Polizist sofort wissen.

„Das weiß ich doch nicht“, sagte die Frau. Ist denn dieser Mensch schwer von Begriff?

„Wie sah er denn aus?“, fragte der Polizist. Sein kriminalistischer Spürsinn war augenblicklich geweckt. Es ging immerhin um eine Personenbeschreibung.

„Das war ein junger Kerl. – Nicht, Erwin? Der war doch noch jung?“, wandte sie sich an ihren Mann.

„Ja, ich würde sagen, nicht älter als sechzehn.“

„Was denn, so jung noch?“, staunte der Polizist.

„Älter war der nicht.“

„Wie kam er in das Zimmer?“

„Er stand plötzlich da, vor der Wand. Durch die Tür kam er jedenfalls nicht. Das hätte ich gesehen. Ich saß der Tür gegenüber und sage Ihnen: Die ging nicht auf!“, beteuerte Frau Möllner noch einmal.

„Und was war mit dem Pochen, von dem Sie gesprochen haben?“

„Das hatte aufgehört. Sobald der im Zimmer war, haben wir davon nichts mehr gehört.“

„Ist er vielleicht durch das Fenster hineingekommen?“, brachte der Polizist die beiden alten Leute mit seiner sturen Fragerei fast zur Weißglut.

„Verdammt noch mal, das war und blieb genauso geschlossen wie die Tür. Er ist durch die Wand gekommen, basta!“, wurde Erwin Möllner nun etwas laut.

„Na gut“, ruderte der Polizist ein Stück zurück. „Lassen wir das.“

„Der Junge“, fuhr er fort, „was hatte er an?“

„Das Erste, was mir an ihm auffiel, war, dass er nass war. Vom Kopf bis zu den Füßen. Der holt sich mindestens einen Schnupfen, wenn nicht noch Schlimmeres, hab ich gleich gedacht. Es hatte übrigens nicht geregnet“, nahm der alte Mann

die nächste Frage gleich vorweg.
Da fiel seiner Frau noch etwas ein:
„Die Haut war ein bisschen grün. Die Hände, die Füße, das Gesicht. Froschmensch, hab ich gedacht und unwillkürlich nach den Schwimmhäuten gesucht. Hab aber keine gesehen. Er sah aus, als hätte er Algen angesetzt oder als wäre er bemoost. Aber das kann ja wohl nicht sein, genauso wenig wie ein Mensch Schwimmhäute zwischen den Zehen haben kann."
„Vielleicht war ihm schlecht, vielleicht hatte er Hunger oder lange kein Tageslicht gesehen", vermutete ihr Mann.
„Gut, nun wissen wir also, dass er keine Maske vorm Gesicht hatte, keine Handschuhe und auch keine Schuhe trug. Wie sieht es mit Hemd und Hose aus?", ließ nun der Polizist nicht locker.
„Hatte er an."
„Was genau?"
„War vor Nässe dunkel und sah ziemlich altmodisch aus. Wie von einem Mittelaltermarkt. Weite dunkle Hose aus Sack oder auch Leinen. Ein Hemd. – Nein, kein Hemd. Pullover. Nein, stimmt auch nicht. Es war ziemlich lang. Eine Knopfleiste für gerade einmal vier oder fünf Knöpfe. Weite Ärmel, einfach und grob geschnitten. Er hatte einen Gürtel um die Hüfte gebunden. Sah aus wie ein Knecht. Jetzt fällt es mir ein: Mühlenknechte sind auf alten Bildern so dargestellt. Ja, er sah aus wie ein Knecht des Müllers. – Fragen Sie mich jetzt bitte nicht, warum heutzutage so einer in meiner Mühle auftaucht. Wir mahlen seit zwanzig Jahren nicht mehr", beendete Erwin Möllner seine detaillierte Beschreibung des ungebetenen Gastes.
„Was wollte er? Hat er etwas gesagt? Hat er Ihnen etwas zu verstehen gegeben? Wie trat er auf?", versuchte der Polizist nun weitere Fakten zusammenzutragen.
„Gesagt hat er nichts. Anfangs hat er uns nur angesehen, dann die Arme ausgestreckt ..."

„Wollte er etwas?"
„Weiß ich nicht. Er hat sich seltsam gebärdet, uns lange und durchdringend angesehen, den Mund aufgesperrt, als wollte er etwas sagen. – Nein, nicht als wollte er etwas sagen, sondern als wollte er etwas rufen. Aber kein Laut kam über seine Lippen."
„Wollte er etwas stehlen?" Der Polizist konnte es nicht lassen.
„Um Gottes willen! Nein! – Hören Sie denn nicht zu! Wenn er etwas von uns wollte, dann uns etwas mitteilen."
„Wie ging es denn nun weiter?", lenkte der Polizist sofort wieder ein.
„Mein Mann hat den Tisch umgestoßen, als Deckung gewissermaßen. Vorher hat er den Butterteller genommen und mit voller Wucht nach dem Eindringling geworfen, um ihn zu vertreiben. Wir hatten ja Angst. Er benahm sich so, so ... geisterhaft, total unheimlich. Irgendwie habe ich gedacht, der sieht nur aus wie ein Mensch, ist aber keiner. Das hat sich auch bewahrheitet."
„Hat er ihn getroffen?", ignorierte der Polizist den Hinweis darauf, dass es sich bei dem Besucher nicht um einen Menschen gehandelt haben könnte.
„Na ja, die Richtung stimmte. Aber irgendwie flog der Teller durch ihn hindurch und knallte gegen die Wand. Das Porzellan zersprang in tausend Teile und flog kreuz und quer durch das Zimmer. Die Butter kleckerte an der Wand hinunter. – Nein, sagen Sie jetzt nichts. Ich ahne, dass Sie schon wieder einwenden wollen. Ich sag's Ihnen noch einmal ganz deutlich: Der Teller traf den Jungen an der Brust, flog aber durch bis an die Wand. Der Junge drehte sich um und verschwand vor unseren Augen. Das Buttergeschoss machte ihm nichts aus. Das alles war so unheimlich, dass wir aus dem Haus gerannt sind", schloss der alte Mann seinen Bericht.
„Wohin verschwand er?"

„Das können Sie sich ja wohl denken – wie er gekommen war: durch die Wand natürlich."
„Na schön, lassen wir das. – Ins Bretterhäuschen haben Sie zufällig nicht noch mal gesehen, ob er da auch angekommen ist, oder so?", spöttelte der Polizist.
Man kann es mit so blöden Bemerkungen aber auch übertreiben, dachte Erwin Möllner. Beinahe hätte er dem Polizisten einen Vogel gezeigt. Er besann sich und beschloss, die letzte Bemerkung einfach zu überhören.
„Gott behüte, wir haben gemacht, dass wir wegkamen. Meine Beine zittern jetzt noch", antwortete Erwin Möllner.
„Jetzt wollen Sie den Einbrecher anzeigen?", fragte der Polizist.
Erwin Möllner runzelte die Stirn. Wollte der ihn zum Narren halten? Unvorstellbar, dass eine Anzeige gegen einen so seltsamen Einbrecher Sinn machen sollte.
Der Beamte wollte ihn nicht ärgern. Ihm reichte es mit dieser Spukgeschichte. Das war alles. Er brannte darauf, endlich einen Schlussstrich zu ziehen.
„Na, wenn es hilft", erwiderte Erwin Möllner und hob skeptisch die Schultern.
Der Polizist nahm die Anzeige auf.

WAS SAGT EIGENTLICH DER ARZT DAZU?

So, das war es erst einmal. Markus Schlöpfner atmete hörbar auf. Er hatte eine ganze Menge herausbekommen. Doch was fing er damit an? Die Geschichte hörte sich ziemlich abenteuerlich an. Die alles entscheidende Frage war: Gab es einen Einbrecher oder gab es keinen? Einen echten Einbrecher, wohlgemerkt. Mit solchen Typen kannte er sich aus. Aber gegen einen Geist, wie die Möllners ihn gesehen haben wollten, kann kein Polizist ermitteln. Erstens hat ein Geist keinen Namen, jedenfalls keinen bekannten, und auch keine Adresse, unter der man ihn im Polizei-Computer oder im Telefonbuch finden kann. Und dann: Wie sollte er einen Geist befragen, welche Sprache spricht er? Blubbert der nur vor sich hin oder grunzt der vielleicht? Kann und will der überhaupt etwas hören? Wie sollte er ihm die Handschellen anlegen und ihn abführen? Ein Geist ist körperlos. Der schwebt doch in ganz anderen Sphären. Die Handschellen würden doch gleich wieder herunter- und ihm, dem Polizisten, zum Schreien auf die Füße fallen. Der Geist würde sich kaputtlachen und durch die Wand entwischen.

Markus Schlöpfner schmunzelte. Das ist ja lustig, dachte er.

Aber schnell dachte er wieder dienstlich. Er sollte zur Mühle fahren und sich das alles einmal ansehen. Den Fleck an der Wand und all das andere, sich eben ein Bild machen.

Anna und Erwin Möllner hatte er ja nun kennen gelernt. Verrückt kamen die ihm eigentlich nicht vor, ein bisschen über-

dreht vielleicht. Das ja! Und das war auch verständlich. Was sie zu berichten hatten, war einfach unglaublich. Ein Polizist konnte damit nichts anfangen.
Ach ja, was sagte eigentlich Doktor Salbius dazu? Ihn hätte er beinahe vergessen.
„Kommen Sie mal mit, Doktor“, forderte Schlöpfner den Arzt auf.
Der Polizist wollte mit dem Arzt unter vier Augen reden. Sie traten auf den Flur hinaus und ließen das Ehepaar Möllner allein.
„Was meinen Sie zu der Geschichte?“, fragte der Polizist.
Der Arzt machte es kurz.
„Verrückt sind die beiden nicht. Aufgeregt, ja. Ziemlich sogar. Nicht gut für ihren Kreislauf, ganz und gar nicht gut. Regen Sie die beiden nicht noch mehr auf. Das würde ihnen schaden. Was die Geschichte angeht, bin ich, wie Sie ja wohl auch, im Zweifel. Geistern kann man weder den Puls fühlen noch die Lunge abhorchen“, lachte der Doktor. „Ich denke, die beiden sind einfach nur gestresst, erschöpft, abgespannt eben. – Sagten Sie nicht, die Herrschaften betreiben eine Pension?“
„So ist es“, antwortete Markus Schlöpfner.
Der Arzt seufzte.
„Das bedeutet ja Schwerstarbeit in den eigenen vier Wänden, rund um die Uhr, und das in dem Alter. Kein Wunder, dass sie schon Gespenster sehen. Geben Sie den beiden den Rat, kürzerzutreten oder am besten ganz aufzuhören. Sonst steht der Sensenmann früher in der Küche, als es eigentlich sein müsste. Mein Fazit: Für Sie, mein lieber Herr Schlöpfner, gibt es hier nichts zu tun. Wenn hier irgendwo ein Kriminalfall sein sollte, hat der sich verdammt gut versteckt.“
Wieder lachte der Doktor.
„Aber irgendetwas muss da passiert sein“, erwiderte Markus Schlöpfner.

„Wie kommen Sie darauf?“, fragte der Arzt, für den es hier nichts mehr zu tun gab.
„Die beiden haben sich kein einziges Mal widersprochen, sondern sich gegenseitig ergänzt. Daraus schlussfolgere ich, dass beide von ein und derselben Begebenheit erzählt haben. Sie haben alles gemeinsam erlebt. Zweifellos sind sie nicht grundlos aus dem Haus geflüchtet. Die einzige Ungereimtheit besteht für mich darin, dass ich bisher von keinem Einbrecher gehört habe, der nicht durch Tür oder Fenster, sondern lautlos durch die Wand gekommen sein soll.“
„Na dann, viel Glück!“, verabschiedete sich Doktor Salbius und ging.
„Jaja“, sagte Markus Schlöpfner nur. Er betrat den Befragungsraum wieder.
„Der Doktor lässt Sie grüßen“, sagte er zu Anna und Erwin Möllner. Er wollte den alten Leuten mal was Nettes sagen.
„Kommen Sie, wir fahren jetzt zur Mühle. Wäre schön, wenn Sie mir das alte Gemäuer mal zeigen würden, ein bisschen herumführen und so. Vielleicht gibt's ja Spuren, die zeigen, dass er da war ...“
„... und vielleicht noch immer da ist“, fuhr der Polizist nach einer Pause fort.
„Der ist noch da. Darauf können Sie Gift nehmen“, versprach der Alte.
Wo sollte der Junge sonst hausen, wenn nicht in der Mühle?
Doch was wollte er?
Und wie gefährlich war er tatsächlich?

WIE FROSCHMENSCHEN SEHEN SIE NICHT AUS

Es war mittlerweile spät und zappenduster geworden. Julias und Leons Eltern standen auf dem von Laternen spärlich erleuchteten Hof – wie bestellt und nicht empfangen. Sie waren zum Umfallen müde. Sie trauten sich aber nicht, das doch irgendwie herrenlose Haus in Beschlag zu nehmen. Sie hatten aber auch nicht vor, unter freiem Himmel zu schlafen. Es könnte ja ausnahmsweise mal regnen, oder riesige, von den Hofleuchten angelockte Mückenschwärme könnten für wahr gewordene Albträume sorgen. Blieb ihnen nur eine Möglichkeit? Sie sollten sich tatsächlich auf eine unbequeme Nacht im Auto einstellen, nur wenige Meter von den angemieteten Zimmern und den kuscheligen Betten entfernt?
Julia hatte ihren Eltern von den Spuren im Haus erzählt.
„Da wird ein Familienkrach dahinterstecken, halb so schlimm“, meinte ihre Mutter. Für Julia war es neu, dass ihre Mutter sich da auskannte. Auf jeden Fall traute sie den Möllners jede Menge Temperament zu! Ausreichend, um die Küche im Handumdrehen in ein Schlachtfeld zu verwandeln.
Leons Vater hingegen meinte, ein Vertreter für Küchengeräte könnte den Zorn ihrer Wirtsleute heraufbeschworen haben. Die unappetitlichen Spuren in der Küche seien das Ergebnis einer verunglückten Vorführung irgendeines Multifunktionsgerätes. Und nun würden sie den Vertreter eben höchstpersönlich in die Wüste schicken. Irgendwann würden sie schon

wiederkommen. Lange kann so was ja nicht dauern.
Leon sah als Erster die beiden auf und ab schaukelnden Scheinwerferpaare.
„Sieh mal", sagte Leon zu Julia. „Da kommt jemand."
Auch ihre Eltern waren aufmerksam geworden.
„Na bitte, sag ich doch, dass die schnell wieder da sind", meinte Leons Vater zufrieden.
„Du meinst, sie haben den Vertreter gleich mit zwei Fahrzeugen in die Wüste geschickt. Hätte eines nicht gereicht?", spottete sein Sohn.
Schnell waren die Fahrzeuge heran und hielten unspektakulär auf dem Hof. Keine Reifen quietschten und Straßendreck flog auch nicht auf.
Erst jetzt war zu erkennen, dass auf dem Hof zwei markant grün-weiße Fahrzeuge gehalten hatten.
„Nanu, Polizei!", rief Leons Vater verwundert. „Was machen die denn hier?"
„Tja, da muss wohl was passiert sein. Von wegen Vertreter und so. Immer diese albernen Erklärungen, wenn es ernst wird", meinte Leon. Er kannte das schon.

Auch Markus Schlöpfner wunderte sich, als er den Mühlenhof erreicht hatte.
„Kennen Sie die Leute?", fragte er seine Fahrgäste, als er auf dem Grundstück die Gruppe entdeckte.
Die alte Frau sah aus dem Fenster.
„Wie Froschmenschen sehen die eigentlich nicht aus. Das werden unsere Urlauber sein. – Wer weiß, wie lange die schon warten und wie ihnen ..." Anna Möllner sprach nicht aus, was sie dachte. Wer weiß, wie ihnen dieser geisterhafte Mensch zugesetzt hat, wollte sie sagen, ließ es aber. Der Polizist hätte wohl nur die Augen verdreht.

Doch viel kann nicht passiert sein, dachte sie erleichtert. Die Gäste waren noch da, deren Haare nicht zerzaust, die Hemden und Hosen, die Blusen und Röcke nicht zerrupft. Keiner schien geschockt zu sein. Ganz im Gegenteil. Sie sahen ziemlich gelangweilt aus.

MAL AUF REISEN GEHEN

Als das Mädchen ihn hier entdeckt hatte, war er blitzartig durch eine dicke Ziegelwand verschwunden, aber bald zurückgekehrt. Er stand jetzt in dem Bretterschuppen an der Holztür und sah durch einen Spalt hinaus. Hinter ihm drehte sich das Mühlrad. Er beobachtete die Leute, die auf dem Mühlenhof standen.

Auf sie hatte er nicht gewartet. Die Leute mit dieser Knatterkutsche interessierten ihn nicht. Was wollten sie hier? Sie sollten verschwinden! Er hatte es auf den Müller und die Müllerin abgesehen. Aber die ließen sich nicht blicken. Seltsam eigentlich. Wo steckten sie? Sie hätten längst da sein müssen, Korn mahlen. Hier wurde doch immer gemahlen, sogar nachts. Warum mahlte niemand? Das Wasserrad lief leer. Warum drehte es sich, wenn niemand mahlte? Und warum war der Mond vom Himmel gekommen? Er hatte sich auf eine Pfahlspitze gesetzt und beleuchtete von dort den Hof. (Er wusste nicht, was Laternen sind.)

Aber er brauchte das Mondlicht nicht. Er brauchte eigentlich gar kein Licht. Er konnte auch im Dunkeln gut sehen.

Sie hatten allen Grund, das Tageslicht zu scheuen. Aber auch nachts schlichen sie sich nicht in die Mühle. Hatte man sie endlich gefasst und in den Kerker geworfen? Hat man sie schon geköpft oder gehängt? Oder konnten sie fliehen? Aber auch dann kämen sie niemals wieder!
Er war dazu verdammt, hier auf sie zu warten!
Nirgendwo in der Wassermühle fand er eine Spur von ihnen. Rachedurstig hatte er sich ausgemalt, wie er sie bestrafen würde.
Diese Gauner hatten garantiert noch mehr auf dem Kerbholz. Er wollte nachsehen.
Oben in der Stadt kannte er einen Ort, an dem er etwas erfahren konnte. Die Richter horteten ihre Akten in einem Archiv. (Dass das Archiv heute ein Museum war, hatte ihm niemand gesagt.) In der Stadt kannte er sich gut aus. Früher war er oft da gewesen. Mit dem Esel hatte er Mehlsäcke in die Bäckereien gebracht.
Die Stadt hatte sich seit dem Mittelalter kaum verändert. Auch die Wassermühle gab es schon lange, sein trauriges Zuhause seit fast 500 Jahren.
Er war ein Geist. Aber war er als Geist nicht unlösbar an „seine“ Mühle gebunden? – Solange er rachsüchtig von einem Raum in den nächsten gegafft hatte, sicherlich. Doch nun hatte diese Idee, nach den Akten zu kramen, ihm Mühlentür und Stadttor geöffnet. Er konnte es kaum glauben. Sogar ein Mühlengeist kann auf Reisen gehen.
Er tat es augenblicklich.

EIN ERFUNDENER HUND VERBREITET ECHTEN SCHRECKEN

„Da sind sie. Das wurde aber auch Zeit!“ Julia, Leon und ihre Eltern atmeten auf.

Der Polizeiwagen stoppte direkt vor ihnen. Markus Schlöpfner und die Möllners stiegen aus. Anna Möllner brannte darauf, allen zu erzählen, was passiert war.

„Tut uns leid, dass Sie so lange warten mussten. Aber wir haben ...“

„Psst!“, zischte ihr Mann wie eine giftige Schlange. Anna Möllner brach erschrocken ab, als hätte sie sich am nächsten Wort verschluckt.

Was ist denn los?, schien ihr verärgerter Blick zu sagen.

Erwin Möllner flüsterte es ihr ins Ohr:

„Wenn nicht einmal der Polizist die Geschichte richtig geglaubt hat, werden die Gäste uns erst recht für meschugge halten. Und wenn die uns nicht für meschugge hielten, war das noch viel schlimmer. Überleg doch mal, mit Geistern und Einbrechern will niemand unter einem Dach wohnen.“

Das war einzusehen.

Für die alten Leute war es sowieso besser, jetzt nicht allein im Haus zu sein.

Auch daran hatte der alte Mann gedacht.

Julia entging nichts.

„Siehst du, die wollen nicht sagen, was hier los ist“, flüsterte

das Mädchen Leon ins Ohr.
„Vielleicht wissen sie das selber nicht genau“, flüsterte er zurück.
„Ich bin gespannt, was sie uns stattdessen erzählen“, sagte Julia. Erklären mussten sie die Situation schon. Man stelle sich das mal vor: Die alten Leute fliehen aus dem Haus und werden von der Polizei zurückgebracht. Und das gleich mit zwei Fahrzeugen. Zu einer solchen „Taxifahrt“ wird man schließlich nicht jeden Tag eingeladen!
Leon überlegte.
„Ich würde so tun, als wäre ich vergesslich. Na, du weißt schon. Vergessen die Tür abzuschließen oder so“, meinte er.
Julia schüttelte den Kopf.
„Doch nicht vor meinen Gästen!“, meinte sie genervt. „Man fragt sich doch sofort, was sie noch alles vergessen: Frühstück servieren, Gashahn abstellen, dass alles schon bezahlt ist – weiß der Kuckuck, was noch.“
„Hast ja Recht“, gab Leon zu.
Es sah ganz so aus, als würden Möllners in der Zwickmühle klemmen.
Doch da kamen sie mit einer Leichtigkeit heraus, dass Julia vor Erstaunen den Mund nicht mehr zubekam.
„Ein Hund, groß wie ein Kalb, stand plötzlich in der Küche“, log Anna Möllner. Julia glaubte zu hören, wie sich die Balken des alten Hauses knarrend durchbogen.
„Um Gottes willen!“, schlug Julias Mutter die Hände über dem Kopf zusammen.
„Hat der Sie gebissen?“, fragte sie entsetzt.
„Nein, nein!“, wehrte Anna Möllner ab. „Der konnte gar nicht beißen. Man hatte ihm das Maul zugebunden.“
„Zugebunden? – Mit einer Schleife vielleicht?“ Julias Mutter verzog jetzt ungläubig das Gesicht.

Anna Möllner überlegte angestrengt, mit Grübelfalten auf der Stirn.
„Maulkorb“, warf sie Julias Mutter das Wort wie eine Beruhigungspille hin.
„Ach so.“
„Ich glaub, der wollte auch gar nicht beißen“, mischte sich nun Erwin Möllner ein. „Der Hund hatte sich irgendwie ins Haus verirrt, hat wohl die Salami gerochen. Aber dann fand er die Salami nicht schnell genug und der Duft hat ihn verrückt gemacht. Ja, und plötzlich raste er in die Küche. Wir haben sofort den Tisch umgeworfen und uns dahinter verschanzt.“
Erwin Möllner kam sich vor wie der Lügenbaron in einer alten Geschichte.
„Ja, und dann? Was passierte dann? Nun erzählen Sie doch endlich!“ Julias Mutter war außer sich vor entsetzlicher Spannung.
„Denken Sie nur: Die Salami war zum Beißen nah – aber zwischen Maul und Salami war der Maulkorb. Der hat die Wurst mit den Maulkorbriemen zerquetscht. Aber dann war der Salamiduft am Maulkorb. War ja klar, was passierte: Dem Hund sind die Sicherungen durchgebrannt und er hat in der Küche gewütet wie ein tollwütiger Berserker. Ein Berserker ist schon schlimm, aber ein tollwütiger Berserker ist kaum noch zu übertreffen. Wir sind zur Vordertür hinausgerannt – so schnell das geht in unserem Alter – und fuhren auf den Fahrrädern davon. Seltsamerweise ist der Hund im Haus geblieben. Nun sieht die Polizei nach dem Rechten. So ein Hund gehört ja jemandem. Und der Hundebesitzer muss für den Schaden blechen, den sein Knuddelköter bei uns angerichtet hat. Ist doch klar“, erklärte Erwin Möllner die Anwesenheit der Polizisten.
„Mit Spurensicherung?“, fragte Julias Vater skeptisch. Er hatte entdeckt, was es mit dem zweiten Fahrzeug auf sich hatte. In

Fernsehkrimis hatte er so etwas schon mal gesehen.
„Was glauben Sie, was so ein wütender Hund überall für Spuren hinterlässt. Im Grunde war es ja ein Einbruch“, behauptete der Alte kühn.
„Wo ist der Hund jetzt? Hat den jemand eingefangen? Oder ist der noch im Haus?“ Julias Mutter sah mit besorgtem Gesicht zum Gebäude hinüber.
„Nein. Der ist bestimmt von allein wieder nach Hause gelaufen. Ich weiß, wo sein Herrchen wohnt“, beruhigte der Alte seine Urlaubsgäste.
Die konnten sich vor dem Hund nun in Sicherheit wiegen. Hoffentlich taten sie's auch.
Jetzt hat er sich verraten, dachte Julia. Er hätte nicht Nein sagen dürfen, wenn er noch nicht einmal nachgeschaut hat! Und er hatte keine Angst. Völlig klar: Ein Hund ist hier jedenfalls nicht eingebrochen.
Das war knapp, dachte Erwin Möllner. Was für eine Furcht ein ausgedachter Hund verbreiten kann. Der Alte staunte nicht schlecht. Gespannt sahen die beiden alten Leute Markus Schlöpfner an. Würde er sie verraten?
Doch der sagte nichts. Es ging ihn nichts an, wenn Möllners ihren Gästen einen Bären oder genauer gesagt einen tobenden Hund aufbanden. Und außerdem, wie sollte er ihnen widersprechen? Er wusste doch selber noch nicht, was hier los war.
„Na, dann wollen wir mal“, sagte er nur und winkte die Spurensicherung heran.
Julia hatte vom Zuhören knallrote Ohren bekommen.
Auf den Kopf gefallen sind die jedenfalls nicht, dachte sie bewundernd. So eine Notlügengeschichte zu erfinden, war nicht einfach. Das wusste sie aus eigener Erfahrung.
„Mit denen werden wir uns gut verstehen“, flüsterte sie Leon ins Ohr.

NICHTS PASST HIER ZUSAMMEN

„Das sieht ja aus, als hätte hier eine ganze Hundemeute gewütet“, meinte spontan Florian Weißnich, Chef der Spurensicherung, angesichts des Küchenchaoses.

Die umgeworfenen Möbel, das zerbrochene Geschirr, die verstreuten und breitgeschmierten Lebensmittel, auch die noch immer von der Wand tröpfelnde Butter passte zu dem Bericht der Möllners.

Dennoch stimmte hier etwas nicht. Irgendetwas passte nicht in das Spurenbild eines wütenden Hundes. Sein Blick schweifte umher. Da war es! Auf dem Fußboden, an der Wand, knapp neben der tröpfelnden Butter. Ziemlich schlammige Fußspuren, die wie frisch gemalt aussahen. Florian Weißnich sah sich das verwirrt an. Da hat jemand barfuß gestanden, mit dem Rücken zur Wand. Aber nur dort waren die Spuren zu sehen. Nirgendwo anders.

Der Kerl wird doch wohl nicht durch die Küche geflogen und ausgerechnet an der Wand gelandet sein? War es überhaupt ein Kerl?

Allerdings deutete nichts auf die Anwesenheit eines Hundes hin: keine Spuren seiner Pfoten, keine zerfledderte Salami, nicht einmal ein Fettfleck auf dem Fußboden, keine Bissspuren im Stuhlbein, keine Haare auf dem Fußboden, einfach nichts.

Aber das Seltsamste kam erst noch.

Neben der ersten Schlammspur war eine zweite. Diese Fußspur führte geradewegs in die Wand hinein. Aber nur ein Fußabdruck war zu sehen, der linke. Vor allem der Ballen und die Zehen fielen auf. Die Ferse hatte keinen Abdruck hinterlassen. Das Körpergewicht hatte eindeutig auf dem Vorderfuß gelegen. Derjenige war also im Begriff zu gehen, und zwar geradewegs in die Wand hinein. Genau diesen Moment haben die Spuren festgehalten. Der rechte Fuß war bereits – was sollte man angesichts der Spurenlage sonst denken? – auf der anderen Seite der Wand und nicht mehr zu sehen. Irgendwie hatte Florian Weißnich den Eindruck, dass ihm diese haarsträubende Tatsache, dass da jemand durch die Wand gegangen sein soll, unter die Nase gerieben wurde. Jemand wollte, dass er diese Spur auf keinen Fall übersah.
Diese Sorgfalt, mit der diese Spuren hinterlassen wurden, passten nicht zu dem Chaos in der Küche. Ganz klar, die wurden erst nachträglich hier platziert.
Aber warum? Wollte jemand sie schocken? Was machte das für einen Sinn?
Jedenfalls sah er keinen.
Solche seltsamen Spuren hatte Florian Weißnich noch nie gesichert. Er war verwirrt. Was konnte man damit anfangen? Das sollte der Chef entscheiden.
„Habt ihr was gefunden?“, fragte Schlöpfner, der eben in die Küche gekommen war. Er hatte sich vorher im Haus umgesehen.
„Das kann man wohl sagen“, erwiderte Weißnich und berichtete von den seltsamen Funden.
Markus Schlöpfner schien nicht besonders überrascht zu sein. Etwas in der Art hatte er erwartet.
„Chef, wie geht es denn nun weiter?“, wollte Weißnich wissen.
Doch Schlöpfner zuckte nur mit den Schultern. Einen Kri-

minalfall, zumindest einen aktuellen, konnte er hier nicht entdecken. Da hatte der Doktor völlig Recht gehabt. Vielleicht hatte der Doktor auch Recht, als er sagte, dass sich in dieser Angelegenheit der Kriminalfall wohl ziemlich gut versteckt hat.
„Wir beobachten die Angelegenheit“, entschied er daher. Ganz wollte er die Polizei nicht aus der Sache heraushalten. Vielleicht ergab sich noch ein Grund zum Eingreifen.
„Wie – beobachten? Unternehmen wir denn nichts?“ Florian Weißnich war vollkommen verwirrt. So etwas hatte er noch nicht erlebt. Ein offensichtlicher Überfall – und der Kommissar wollte nichts unternehmen!
„Wollen Sie den Hund denn gar nicht suchen?“, versuchte Weißnich ihn auf die einzige Fährte zu schicken, die sie hatten.
„Nein!“, sagte der Kommissar knapp. Er hatte keine Lust, unerklärbare Dinge zu erklären. Er wusste natürlich, dass es den Hund, groß wie ein Kalb, in dieser Wohnung nicht gegeben hat. Und für den, der das Chaos höchstwahrscheinlich verursacht hatte, war die Polizei nicht zuständig. Sollte sich diesbezüglich etwas anderes herausstellen, würde er sofort wieder vor der Haustür stehen.
Bis dahin war er in seinem Büro zu erreichen. Basta.

ICH HAB DOCH KEINE LEICHE IM KELLER!

Julia und Leon standen nur ein paar Meter entfernt und hatten alles mit angehört.
„Komisch“, meinte Julia verwundert, „ein Geist kann doch

keine Spuren hinterlassen, erst recht keine frischen Fußabdrücke."

„Das ist die erste Ungereimtheit", meinte Leon.

„Ach, da gibt es wohl noch eine zweite?", fragte Julia neugierig.

„Die Fußabdrücke waren vorhin noch gar nicht da", meinte er.

„Dann haben wir die bestimmt übersehen. So etwas passiert doch", meinte Julia leichthin.

Sie hatte eine Idee:

„Vielleicht haben die beiden alten Leute ja versucht, dem Eindringling zu folgen, wollten ihn fangen ..."

„Hört mal, ihr beiden. Wenn wir das versucht hätten, wären unsere Zehen jetzt gebrochen und unsere Nasen platt wie Flundern", empörte sich jemand hinter ihnen.

Julia und Leon sahen sich erschrocken um. Da stand Erwin Möllner. Auch er hatte gelauscht. Der entscheidende Satz war ihm nicht entgangen. Er fuhr fort: „Außerdem laufen wir nicht barfuß durch die Wohnung. Wir sind doch keine Yippies, oder wie die heißen. Das ist doch viel zu kalt! Unsere Füße stecken in warmen Puschen. Und außerdem – sehen wir aus, als könnten wir durch meterdicke Wände laufen?"

Julia und Leon waren baff.

Erwin Möllner überlegte kurz und fragte dann mit gedämpfter Stimme:

„Was wisst ihr von dem Typen?"

„Wir haben ihn gesehen, hinten am Mühlrad. Er ist durch die Wand gekommen, stimmt's?", antwortete Julia.

Der Alte nickte, doch dann sah man ihm den Ärger deutlich an.

„Für wen habe ich mir die Hundegeschichte eigentlich ausgedacht, wenn ihr längst Bescheid wisst? Warum seid ihr noch nicht wieder nach Hause gefahren? Ich hätte es jedenfalls getan!"

„Weil unsere Eltern nichts wissen. Und so soll es auch blei-

ben“, beruhigte ihn Julia.
„Genau. Spannende Ferien hab ich mir schon immer gewünscht. Was ist spannender, als ein echtes Gespenstergeheimnis zu lüften“, meinte Leon.
„Ihr wollt ihnen nicht sagen, was ihr wisst?“, fragte Erwin Möllner erstaunt.
„Wozu? Die Leier kennen wir: Geister gibt es nur im Gruselfilm! Wer weiß, was ihr da wieder gesehen habt! Kommt, wir gehen heute wandern! Da kommt ihr auf andere Gedanken!“, äffte Leon seine Eltern nach.
„Sie reden und reden und glauben sowieso nichts. Letztlich liegt das ganze Geheimnis unter einem Wortschwall begraben. Und was bleibt übrig? Langeweile! Ohne mich!“, war er entschlossen.
„Und auch ohne mich“, schloss Julia sich an.
Erwin Möllner gefiel das. Irgendwie mochte er die beiden.
„Wo kommt der Schlamm eigentlich her?“, brachte Leon das Gespräch auf die seltsamen Spuren zurück.
„Das ist dieser Junge gewesen. Da bin ich mir sicher“, sagte der alte Mann und erklärte seine Vermutung:
„Er hat von unserer Lügengeschichte irgendwie erfahren, hat sie gehört oder was weiß ich. Manchmal haben ja Wände Ohren“, meinte er schmunzelnd. „Stellt euch doch einmal die verwüstete Küche ohne diese Fußspuren vor. – Na, habt ihr es? Ohne Fußspuren würde jeder die Hundegeschichte glauben und die Polizei die Angelegenheit zu den Akten legen und verstauben lassen. – Doch mit Fußspuren ist alles ganz anders!“
„Aber wer sollte die Fußspuren sehen?“, fiel Leon plötzlich ein.
„Die Polizei natürlich“, meinte Julia.
„Das verstehe ich nicht“, meinte Leon.
„Der Junge will, dass die Polizei im Hause bleibt. Er will, dass

sie hier ermitteln und endlich ... seine Gebeine finden", war Julia felsenfest überzeugt.
Der alte Mann wollte sich empören, von wegen Gebeine und so und schon gar nicht in seinem Haus. Doch er kam nicht dazu.
Für Julia fügte sich alles zu einem schaurigen Bild zusammen. Sie erkannte glasklar, was hier vor sich ging: „Die Erscheinung, die wir gesehen haben, ist nichts anderes als der unruhige Geist eines toten Jungen."
„Wenn meine Vermutung stimmt, ...", fuhr sie halblaut fort und sah abwechselnd Leon und den alten Mann an. Beiden stand das blanke Entsetzen ins Gesicht geschrieben. Sie bestanden fast nur noch aus haarsträubender Gänsehaut. Sie wussten, was jetzt kam.
„... muss sein bleiches Gerippe irgendwo in der Mühle versteckt sein. Unter knarrenden Dielen, in einer meterdicken Wand, in einem zugemauerten Kamin, auf dem Dachboden, irgendwo eben. Und wir müssen ihn finden."

DAS MUSEUM IST VERWÜSTET!

Am nächsten Morgen um 6:30 Uhr klingelte auf der Polizeiwache das Telefon. Markus Schlöpfner war nach dem aufregenden Abend in der Mühle nicht nach Hause gefahren. Er hatte gleich in seinem Büro übernachtet. Ein Campingbett hatte er für diesen Fall auf dem Aktenschrank deponiert.
Beinahe wäre er mit dem federleichten Bettgestell, auf dem er

eben noch friedlich schlummerte, vor Schreck umgefallen. Doch er hielt sich tapfer auf allen vieren und krabbelte wie ein müder Käfer aus dem Bett.
Hauptkommissar der Krabbelgruppe, dachte er unwillkürlich und musste lachen. Kurz darauf kam er auf die Beine.
„Herr Kommissar ..." Doch weiter kam der Anrufer nicht.
„... Hauptkommissar, bitte. So viel Zeit muss sein", unterbrach der müde Schlöpfner ihn.
Ein tiefes Seufzen am anderen Ende des Telefons.
„Is ja gut, Herr Hauptkommissar ...", betonte der Anrufer die erste Silbe besonders. „Hier ist Beermann, Leiter des Kriminalmuseums. Wir hatten schon einige Male das Vergnügen", stellte sich der Anrufer vor.
Schlöpfner erinnerte sich. Es waren eher zweifelhafte Vergnügen. Kleinere Diebstähle wurden immer mal wieder gemeldet. Handliches Foltergerät wie verrostete Handschellen, Daumenschrauben oder Dornen von einem Gespickten Hasen, gelegentlich mal ein aufpoliertes Henkersbeil und sogar eine Schandmaske wurden von Langfingern gestohlen und sollten in Handtaschen und Rucksäcken aus dem Kriminalmuseum geschmuggelt werden. Es war jedes Mal ein Rätsel, wie die Leute an diese Souvenirs herangekommen waren. Schließlich waren die Vitrinen abgeschlossen, oder sollten es jedenfalls sein!
Das schauen wir uns gelegentlich mal genauer an, dachte Schlöpfner und rief lachend ins Telefon: „Hat zur Abwechslung mal jemand einen Galgen geklaut?"
Doch Museumschef Klaus Beermann war nicht nach Lachen zumute.
„Heute Nacht wurde bei uns eingebrochen. Das Museum ist komplett verwüstet. Einbruchspuren kann ich aber nirgends entdecken, nicht den kleinsten Kratzer. Alle Außentüren und alle Fenster sind in tadellosem Zustand. Nur unser Haus-

meister ist wie vom Erdboden verschluckt. Bloß, wer sollte unseren Hausmeister ... klauen? Es ist alles sehr merkwürdig. – Kommen Sie schnell!“

Die merkwürdigen Dinge häufen sich, dachte Schlöpfner, bevor er seine Kollegen von der Spurensicherung aus den Betten klingelte und sie unverzüglich, also mit Blaulicht und Tatütata, zum Museum beorderte. Das Museum war in einem uralten Haus an der alten Stadtmauer untergebracht.

Klaus Beermann lief vor dem Museumsportal auf und ab. Mit zerrauften Haaren und dreizehn Kaugummis gleichzeitig kauend hielt er nach der Polizei Ausschau. Nach einer halben Ewigkeit bogen mit quietschenden Reifen endlich zwei Polizeifahrzeuge um die Ecke und rasten direkt auf ihn zu. Als sie den auf der Straße stehenden Beermann erreicht hatten, quietschte es noch einmal ohrenbetäubend. Die Bremsen qualmten wie brennende Mülltonnen. Es roch nach verbranntem Gummi. Die Polizisten stiegen aus und wedelten den Qualm beiseite.

„Folgen Sie mir ins Haus!“, rief der Museumsdirektor nach einer flüchtigen Begrüßung. „Aber Vorsicht, nicht über kaputte Folterbänke, verbogene Halseisen, verbeulte Schandmasken, zerbrochene Schlagknüppel und andere demolierte Exponate stolpern.“

Was Markus Schlöpfner und seine Kollegen von der Spurensicherung nun zu sehen bekamen, übertraf alle Erwartungen.

„Herzlichen Dank für die Einladung ins Chaos“, stöhnte der Hauptkommissar, „das sieht ja aus, als hätte eine Elefantenherde hier stundenlang gewütet.“

„Ja, es sieht so aus, als könnten wir das Museum dichtmachen.“ Klaus Beermann war ziemlich niedergeschlagen.

„Aber wer stellt so etwas an und warum, und wo ist unser Hausmeister?“, wandte er sich an den Polizisten. „Vielleicht wurde er entführt oder er konnte sich retten. Hauptsache, er

lebt und liegt nicht unter den Trümmern begraben", bangte Beermann.
„Was hatte er eigentlich hier zu suchen? War er auch für die Sicherheit zuständig?", wollte Markus Schlöpfner wissen.
„Nein. Er wohnt hier, unter dem Dach, mutterseelenallein. Seine Frau ist vor einem halben Jahr ausgezogen. Sie fand es hier zu gruselig und bekam nachts kein Auge zu. Sah überall schon Gespenster", antwortete Klaus Beermann.
Wen wundert es, dachte Schlöpfner.
„Haben Sie denn schon nachgesehen?" Eigentlich war diese Frage überflüssig. Das wird der Direktor als Erstes getan haben. Aber diese Frage musste wenigstens gestellt werden.
„Selbstverständlich!" Erwartungsgemäß war Beermann empört. Traute der Hauptkommissar ihm nicht den einfachsten Gedankengang zu?
„Da oben sieht es auch nicht viel besser aus. Die Wohnungstür steht sperrangelweit offen, als wäre er geflüchtet."
Schlöpfner wurde hellhörig. Geflüchtet? Das hatte er vor ein paar Stunden doch schon einmal gehört! Auch die Müllersleute waren geflüchtet! – War ihm schon wieder ein Geist über den Weg gelaufen? Von der Polizei würde der sich jedenfalls nicht einfangen lassen.
Schlöpfner kam sich vor wie in einem Krimi, in dem die Polizei nichts zu melden hat. Geister und Gespenster kann die Polizei nun mal nicht einfangen.
Schlöpfner hatte einen Gedankenblitz.
„Ich habe eine gute Nachricht", rief er zum Museumschef. „Wenn seine Wohnungstür offen steht, ansonsten aber alle Türen und Fenster geschlossen sind, kann das nur bedeuten, dass der Mann noch im Hause ist", kombinierte der Hauptkommissar.
Doch warum war er noch nicht wieder aufgetaucht?

„Hört mal her, Leute!“, wandte sich der Hauptkommissar an seine Mitarbeiter. „Lasst alles stehen und liegen und sucht den Hausmeister. Der muss sich hier irgendwo verkrochen haben und vor Angst wohl noch immer schlottern. Benehmt euch bloß nicht wie Poltergeister! – Alles klar?“
Die Polizisten schwärmten aus. Es dauerte etwa eine Stunde, bis sie den Hausmeister im Tiefkeller aufgespürt hatten. Er hatte sich in der finstersten Finsternis, direkt an den kalten und feuchten Fundamenten des alten Hauses, hinter einem vergessenen Kohlenberg versteckt.
Was, um Himmels willen, kann schlimmer als ein solches Versteck gewesen sein?

WER IST DIE EISERNE JUNGFRAU?

„Mensch, war das gruselig! Die Eiserne Jungfrau ist mit weit geöffneten Armen hinter mir hergerannt wie der Teufel hinter der Seele.“
Wer ist denn die Eiserne Jungfrau? Markus Schlöpfner kratzte sich am Kopf. Ein Spitzname?
„Da sind Sie ja doch nicht allein gewesen. Sie hatten also Besuch? Die Eiserne Jungfrau – wer immer das sein mag – war da und Sie haben miteinander Haschen gespielt. Na gut. Was ist dann passiert?“, unterbrach er den Hausmeister gleich nach dem ersten Satz. Er wunderte sich, womit erwachsene Menschen ihre Zeit verbringen.
„Nein, nein“, mischte sich der Museumsdirektor ein. „Die

Eiserne Jungfrau ist ein Museumsstück, eine hohle, mannshohe Holzfigur, die wie ein viel zu weit geschnittener Mantel aussieht, außen und innen mit Eisen beschlagen, aber nur innen mit ekligen Nägeln bestückt. Obenauf war ein hölzerner Frauenkopf mit Haube. Die geöffneten Arme deuten darauf hin, dass die Holztonne – äh, die Eiserne Jungfrau natürlich – ihn einfangen und wohl ein bisschen pieksen wollte."
Da, schon wieder! Von Dingen, die eigentlich gar nicht sein können, hatte er vor wenigen Stunden erst von den Möllners gehört. Wie kann eine Holzfigur hinter dem Hausmeister herlaufen?
„Na gut", lenkte der Polizist ein. „Hat die Holzfigur Sie geschnappt?"
„Gott sei Dank nicht. Wenn ich mir das alles recht überlege, wollte die gar nichts von mir ..."
Was der nicht sagt. Hätte mich auch gewundert, dachte der Kommissar.
„... ich bin zufällig vor der Eisernen Jungfrau hergerannt. Doch die hat wie eine Dampfwalze einfach alles plattgemacht. Tische und Vitrinen hat sie umgekippt und die Ausstellungsstücke demoliert. Die Sachen kann man nur noch auf den Schrottplatz kippen. Aber das sehen Sie ja selbst."
„Fragt sich nur, wie die Eiserne Jungfrau so plötzlich auf die Beine gekommen ist. Wo hat sie sich denn vorher die Beine in den Bauch gestanden?", spöttelte der Polizist.
„Dort hinten am Fenster, mit Abstand zur Wand. Man konnte um sie herumlaufen ..."
„Wo ist sie eigentlich?", unterbrach der Museumsdirektor seinen Hausmeister und sah sich fragend um. Keinem war aufgefallen, dass die Eiserne Jungfrau überhaupt nicht mehr da war. Dass die plötzlich laufen kann, war so ungeheuerlich, dass ihr Verschwinden aus dem Raum bisher unbemerkt geblieben war.

„Keine Ahnung. In den Keller ist sie mir jedenfalls nicht gefolgt. Vielleicht ist sie ja die Treppe hinuntergerasselt“, mutmaßte der Hausmeister.
„Dann müsste sie irgendwo unten an der Treppe liegen. Aber da liegt sie nicht. Was ist bloß in sie gefahren?“, war der Museumsdirektor ratlos.
Da war sie endlich – die richtige Frage!

Wenig später wusste man wenigstens, wo die Eiserne Jungfrau abgeblieben war. Sie war an Wänden und Türrahmen angeeckt und hatte reichlich Spuren hinterlassen. Der Hausmeister hatte entdeckt, dass die alte Eichentür zu einem ungenutzten Raum, der für die Öffentlichkeit nicht zugänglich und eigentlich immer abgeschlossen, doch heute nur angelehnt war. Die Rasende Jungfrau, wie der Polizist sie heimlich getauft hatte, hatte diese Tür einfach aufgesprengt wie ein Bulldozer. Diese Tür konnte eine Menge vertragen, nur das Türschloss nicht. Es war beschädigt, das Türholz nicht. Der Hausmeister schob die Tür auf und sah die Bescherung. An der gegenüberliegenden Wand war eine weitere halbkreisförmige Tür eingelassen, die eben-

falls so breit war, dass man riesige Schränke und Truhen durchschieben könnte. Allerdings fiel hinter dieser Tür die Hauswand steil ab und ging in die Stadtmauer über. Etwa dreißig Meter unterhalb dieser Maueröffnung plätscherte gemächlich ein Fluss dahin. Bei dieser Tür war das Schloss stabiler gewesen, so dass die Rasende Jungfrau die Tür durchschlagen hatte und wohl in den Fluss gestürzt war.
„Ach du Heilige Jungfrau!“, rief der Hausmeister, als er das begriffen hatte.
Er sah hinunter: „Die ist nirgendwo zu sehen.“
„Aber wenn sie laufen kann, wird sie möglicherweise auch schwimmen können. Brust, Rücken, Kraulen. Wer weiß! Hoffen wir das Beste“, scherzte Hauptkommissar Schlöpfner.
„Meinen Sie, es wäre das Beste, wenn sie auf und davon geschwommen ist?“, fragte der Museumsdirektor.
„Wenn wir nachsehen, wissen wir, ob sie noch da ist. Wir brauchen einen Taucher“, sagte Schlöpfner.
„Ich denke, dass wir das selber schaffen“, war Beermann ganz zuversichtlich.
Die drei Männer gingen zu der Stelle, an der die Eiserne Jungfrau offensichtlich in den Fluss gestürzt war. Sie mussten den Weg durch das nächstgelegene Stadttor nehmen. Anders kam man da nicht hin.
Es war warm. Der Hausmeister war noch rabenschwarz. Er sah aus wie ein Kohlenträger. Seit seiner Errettung aus dem Tiefkeller ging es ihm merklich besser. Er erklärte sich bereit, im trüben Wasser nach der Eisernen Jungfrau zu fischen.
„Na, dann wollen wir mal“, sagte er, krempelte Ärmel und Hosenbeine hoch und begann, im knietiefen Wasser den Flussrand abzusuchen. Die Strömung war nicht allzu stark. Es dauerte nicht lange, da wurde er fündig. Mit dem Fuß stieß er gegen den eisernen Mantel. Glücklicherweise war der nicht mit

Nägeln bespickt. So verletzte er sich nicht.
„Die Raserei ist ihr vergangen. Sie ist baden gegangen. Selber kommt sie nicht aus dem Wasser. Wir müssen sie herausholen“, meinte der Hausmeister, der wenigstens an Armen und Beinen nun frisch gewaschen war.
„Wir nehmen die Bäckertaufe“, schlug der Museumsleiter vor.
„Was ist denn das?“, fragte Markus Schlöpfner.
„Dieses Gestell mit Wippe und Käfig, das vorne neben der Eingangstür steht. Damit können wir die abgestürzte Dame aus dem Wasser heben“, erklärte Beermann.
„Was hat man denn früher damit gemacht?“, interessierte sich Markus Schlöpfner für diese altertümliche Konstruktion, die an eine Wippe für Riesen erinnerte.
„Genau das Gegenteil“, kam die Antwort.
„Was heißt das?“
„Bäcker, die zu kleine Brötchen gebacken hatten, wurden zur Strafe in den Käfig gesetzt und in das Wasser getunkt.“
„Ertranken die etwa?“, fragte Markus Schlöpfner entsetzt.
„Nein, die sollten ja weiterhin Brötchen backen, aber nicht mehr so kleine“, erklärte der Museumsdirektor.
Die Bäckertaufe wurde hergebracht und die Eiserne Jungfrau aus dem Wasser gehievt.

SCHLECHT GETRÄUMT

Julia und Leon hatten in der Mühle eine ziemlich unruhige Nacht verbracht. Beide wurden von Albträumen geplagt. Leon sah sich in seinen Träumen einem Geist gegenüber, der ihn mit Butter bewarf. Mal traf es ihn am Kopf, mal an der Brust, an der Schulter, am Bein. Jeder Wurf war ein Treffer. Und jedes Mal heulte dieser idiotische Geist wie ein ganzes Wolfsrudel auf und stürzte auf Leon zu, als wollte er sich die verplemperte Butter wiederholen. Wenn er das mit spitzen Zähnen bewaffnete Maul weit aufriss und seine riesigen Klauen nach vorne streckte und dann ... durch Leon hindurchfegte, blieb dem Jungen fast das Herz stehen. Längst troff die Butter im Traum an Leons Körper hinab. Aber in Wirklichkeit war es keine Butter. Sein T-Shirt, das er nachts anhatte, war am nächsten Morgen durchgeschwitzt.

Julia hatte mehr Glück. Durch ihre Träume stöberte ein freundlicherer Geist. Der war nicht so verrückt wie Leons Butterwerfer. Sie träumte von einem Jungen, mit dem sie auf einer Wiese unter einem wolkigen Himmel saß. Er hatte braune Augen und blondes Haar. Sie sprachen über irgendetwas Angenehmes. Er lächelte, sie lächelte. Sie aß ein paar Kekse, trank aus der Colaflasche. Der Junge lehnte immer wieder ab, sooft Julia ihm etwas anbot. Sie fand das seltsam. Warum hatte sie bloß den Eindruck, dass er jeden Augenblick aufstehen und gehen würde?

Plötzlich riss die Wolkendecke auf, die Sonne brach durch. Julia freute sich. Ah, endlich die Sonne genießen! Die hatte zu diesem Date noch gefehlt. Doch als die ersten Sonnenstrahlen den Jungen trafen, begann der sich in Luft aufzulösen und wie Wasserdampf in den Himmel aufzusteigen. Sie sah ihm hinterher. Aber er war längst in den Wolken verschwunden, spurlos. Wo ist denn der hin? Sie war ratlos.

Der Traum begann langweilig zu werden.
„He Leon, weißt du, wo der Typ hin ist?" Julia gähnte, als wolle sie eine Bratpfanne verschlucken.
Wie sollte er ihr antworten? Sie hatte natürlich ein Zimmer für sich allein und Leon war gar nicht da.
Endlich wachte Julia auf.
Ihr fiel alles wieder ein. Der Junge, das Mühlrad, die seltsamen Spuren, schließlich die Polizei. Als die abgedüst war, hatte jeder endlich sein Zimmer bekommen. Julia war sofort in ihrem Bett verschwunden.
Jetzt warf sie die Bettdecke zur Seite und stand auf. Dabei dachte sie an den Jungen mit dem traurigen Blick. Sie wusste, was heute zu tun war.
Anna und Erwin Möllner hatten sich vorgenommen, in der

Nacht munter zu bleiben und ihre Gäste zu beschützen. Sobald der seltsame Gast wieder auftauchte, wollten sie Alarm schlagen. Aber sie hatten sich zu viel vorgenommen. Als lange nichts passierte, waren sie erschöpft in ihren Ohrensesseln eingeschlafen und hatten hier eine traumlose Nacht verbracht. Ihr Albtraum begann erst nach dem Aufwachen. Als Leon am Morgen laut nach seinen Eltern rief, schreckten sie hoch.
„O Gott, da ist er! Wir haben es verschlafen!“, rief Erwin Möllner entsetzt, als er die laute Stimme hörte.
Aber Leon war schließlich kein Geist. Erwin Möllner beruhigte sich wieder. Es war ja nichts passiert.
Nur Leons Mutter wäre dem Mühlengeist in der Nacht beinahe über den Weg gelaufen. Sie war gegen eins auf der Etage unterwegs. Es war nicht einfach, im Halbschlaf das noch fremde Stille Örtchen zu finden. Sie tastete sich von Tür zu Tür. Ihre Ohren waren zugestöpselt. Ohne Stöpsel konnte sie nicht schlafen. Ihr Mann grunzte im Schlaf wie ein wütender Eber.
Leider! Denn ohne Ohrstöpsel hätte sie im Hof Krach gehört, als wäre ein Einhundert-Kilo-Stein ins Bretterhäuschen eingeschlagen. Sie wäre putzmunter geworden und hätte Verstärkung geholt. Alle hätten nachgesehen und nichts entdeckt. Es gab keinen Einschlagtrichter, nicht einmal Kleinholz. Achselzuckend wären Julias und Leons Eltern wieder schlafen gegangen.
Doch Julia, Leon und die Möllners hätten in dieser Nacht kein Auge mehr zu getan. Verblüfft hätten sie begriffen, dass der Mühlengeist mit Getöse zurückgekehrt war. Er muss die Mühle zuvor also verlassen haben. Davon hatten sie gar nichts bemerkt.
Geister können lautlos durch Wände gehen, wenn sie niemand bemerken soll. Wenn sie wütend sind, ist ihnen alles egal. Dann krachen sie mit Vorliebe als Polter- oder Bombengeister durch die dicksten Dächer, ohne die geringste Bruchspur zu hinter-

lassen.
Der Junge muss sehr wütend gewesen sein!
Aber wie gesagt, niemand hatte etwas gehört.

LANGE GESCHWIEGEN

Längst war es hell geworden. Er saß völlig erschöpft im Dunkeln am Mühlenrad. Zum ersten Mal hatte er einen eisenbeschlagenen, leblosen Holzklotz in einen rasenden Amboss verwandelt.
Wie konnte aus dem sanften, verträumten Mühlengeist ein rabiater Poltergeist werden? Was hatte ihn so erzürnt? Hatten ihn die Folterwerkzeuge, also die Streckbank, die Mundbirne oder die Daumenschrauben, die Schandmasken, die Halseisen und all das schreckliche Zeug in Rage gebracht?
Er konnte als Geist die Schreie, das kraftlose Wimmern, das hoffnungslose Wehklagen der Gefangenen und Gefolterten hören. All das klebte für alle Zeit an den Geräten wie Seelenblut.
Er hatte in der Mühle selber geschrien und gewimmert. Das ist lange her. – Das war es nicht! Er hatte im Museum etwas entdeckt, was ihn und sein Schicksal betraf.
Er hatte den Müller auf einem Bild wiedererkannt! Unverkennbar waren die riesige Hakennase in der finsteren Visage und die brennend roten Haare und nicht zuletzt seine schäbige Kleidung. Und vor allem diese lange Narbe am Hals – das Markenzeichen vom Roten Veit. Ein Schwert hatte ihn einst

dort gestreifte. Der Scharfrichter sollte ihm den Kopf wegsäbeln. Um weniger als eine Haaresbreite war das Schlitzohr dem Henker noch einmal entwischt. Ein rotes Halstuch verbarg die Narbe – bis zu jenem Tag, der auf dem Bild dargestellt war. Es war der Tag seiner Hinrichtung. Die Situation war eindeutig.
Auf demselben Bild sah er die Müllerin. Wie hieß sie noch? Die Stille Maria? Nein – die Stille Barbara! Ja, genau so hieß sie! Gegen die Schurkereien ihres Mannes konnte sie nichts ausrichten. Sie war zu schwach. Ihr Fehler war, dass sie bei ihm geblieben war. Ihre Treue bezahlte sie mit dem Leben.
Das Bild zeigte die beiden auf verschiedenen Holzkarren, die mit Stroh ausgelegt waren. Der Karren des Müllers wurde von einem Pferd auf den Galgenberg gezogen. Der Karren seiner Frau hatte den Weg zum Fluss eingeschlagen. Beide Gefangenen saßen im Stroh und waren mit Hals- und Fußeisen gefesselt.
Warum wurden die Stille Barbara und der Rote Veit hingerichtet? IHN hatte man doch gar nicht gefunden! Was hatten die beiden noch auf dem Kerbholz?
Das Einzige, was er da begriffen hatte: Er war viel zu spät gekommen. Weiter auf sie zu warten war sinnlos.
Diese Erkenntnis hatte ihn wie ein Keulenschlag getroffen.

Die Tür knarrte. Er sah hoch. Julia steckte den Kopf durch den Türspalt und knipste das Licht an. Genau wie beim ersten Mal saß der Mühlengeist hinter dem Mühlenrad. Aber dieses Mal blieb er dort. Nach dieser Nacht war er zu erschöpft, um sich wie ein geölter Blitz zu verkrümeln.
Sie hatte gehofft, ihn hier zu finden. Nun erschrak sie aber. Unheimlich war das – allein mit einem Geist. Dann geschah etwas Merkwürdiges: Eben sah er noch aus wie dünner Mor-

gennebel – wabernd, blass und durchsichtig. Seine Kontur war kaum zu erkennen, verlor sich irgendwie im Raum. Nur seine Augen fielen auf, die Enttäuschung darin. Darauf konnte sich Julia keinen Reim machen. Sie wusste ja nicht, was er herausbekommen hatte.

Doch plötzlich kam Leben in ihn. Der Nebel zog sich zusammen, verdichtete sich. Seine Gestalt wurde deutlicher. Und noch immer wurden konturbildende Teilchen aus seiner geheimnisvollen Welt in die Gestalt gesogen. Er bekam Farbe. Julia war fasziniert. Jedes andere Mädchen hätte Angst bekommen und wäre nach seiner Mama schreiend und mit Türen knallend davongelaufen.

Doch Julia war verzaubert. Sie glaubte einen Moment, dass in seinen Augen jetzt so etwas wie Freude war.

Ja, das war es: Er freute sich, sie zu sehen! Ja, das musste es sein! Was sonst?

„Wohnst du hier?“, fragte Julia. Sie war neugierig, wie sich die Stimme eines Geistes anhört.

Aber er nickte nur. Er konnte oder wollte nicht sprechen.

Wenigstens versteht er mich, dachte Julia.

Er nickte wieder. – Er konnte also auch Gedanken lesen.

„He, das gefällt mir aber gar nicht“, war Julia empört. Ihre Gedanken gingen niemanden etwas an.

Er hob hilflos die Schulter, als wollte er sagen: Tut mir leid, aber dafür kann ich nichts.

„Kann man das nicht irgendwie abstellen, ändern oder so?“, fragte sie.

„Wer weiß, wem meine Gedanken noch zu Ohren kommen, da drüben in deiner Welt.“

Wieder Nicken.

„Wie?“

Langsam strich er mit beiden Händen über seinen Kopf.

„Was drüberlegen?“, rätselte sie.
Er neigte den Kopf zur Seite und sah sie an. Ein gespielter Seufzer komplettierte seine lautlose Antwort, die sagen sollte: Das weiß doch jedes Kind!
„Ach, ich weiß. Mütze, Hut – so was meinst du, stimmts?“
Mein Gott, wer würde bei dieser Hitze schon mit so etwas auf dem Kopf herumlaufen?
Da kam ihr ein Basecap in den Sinn. Genau das Richtige in prasselnder Sonne.
Er sah das Basecap (das Wort kannte er natürlich nicht) auch in seinen Gedanken und nickte anerkennend, überschwänglich, ein bisschen wie ein Gaukler.
Sie kam sich veralbert vor.
„Sag mal, kannst du nicht sprechen?“, wechselte Julia das Thema.
Sie sah doch, dass er ihr etwas vorspielte.
„Doch, ab... ich will jetzt nicht“, antwortete er wie aus heiterem Himmel.
Puh, was war denn das!? So eine gruftige Stimme hatte Julia noch nie gehört! Das klang wie aus einem alten, nassen Kellergrab. Julia dachte an krabbelige Wanzen und Asseln. Irgendwie hatte er einen dicken Hals. Seine Stimme schien hinter einer schweren knarrigen Eichentür zu arbeiten. Sie kämpfte gegen diese Tür wie ein Rammbock an. Mühsam bahnte sie den Wörtern einen Weg durch den kleinsten Spalt heraus, der sich immer wieder auftat. Die Wörter quetschten sich da heraus. Denn die Tür, so schien es, schlug immer wieder zu und verstümmelte ungefähr jedes zehnte Wort. Doch die Stimme rammte beharrlich gegen diese Tür und ließ die Wörter ins Freie, auch die verstümmelten. Manchmal huschte auch eine fiepende Ratte mit hinaus.
Julias Nackenhaare standen längst ab wie weiche Stacheln.

Eine Gänsehaut war nichts dagegen.
Aber das Mädchen dachte: Nicht schlecht für den Anfang. Es war ja klar, dass ein Mühlengeist anders ist als ein Mensch, anders als Leon beispielsweise. Und wenn man bedenkt, dass Julia es mit einem Mühlengeist zu tun hatte, konnte man diesen merkwürdigen Mix aus Wortbrocken, Gedankenlesen und Gaukelei getrost als gelungene Kontaktaufnahme bezeichnen.

„Ach, hier steckst du. Ich hab dich überall gesucht." Das war Leon. Er steckte eben seinen Wuschelkopf durch den Türspalt. Im selben Moment verschwand der Mühlengeist wie ein geölter Blitz. Er war wieder zu Kräften gekommen.
Julia war perplex. Bevor sie etwas erwidern konnte, hatte sich die Situation völlig verändert. Der Mühlengeist war verschwunden, stattdessen war Leon da. Julias Stimmung war binnen Sekunden von neugierig bis entzückt auf stocksauer abgestürzt.
Wer soll damit klarkommen? So einfach ging das nicht.
„Mensch, musst du hier einfach so reinplatzen!", fuhr sie Leon wütend an.
„Na, höre mal, was ist denn mit dir los?", war Leon empört. Er hatte einfach nur seine Freundin gesucht.
Vom Mühlengeist hatte er nicht die Bohne mitbekommen. Deshalb verstand er nur Bahnhof.
„Kaum lässt du dich blicken, verschwindet er", erklärte sie Leon ihren Frust.
„Wer denn?" Leon hatte nur Julia gesehen, und die war noch da.
„Na, wer wohl! Der Mühlengeist natürlich, wer sonst? Vielleicht mag er dich nicht und ist deshalb gleich verschwunden."
„Mir doch egal!", meinte Leon, der nun seinerseits sauer war wie selten. Seine Ohren waren aus Frust auf Durchgang ge-

schaltet. Er hatte nicht gleich begriffen, was Julia gerade gesagt hatte. Doch langsam dämmerte es ihm:

„Moment mal! Du meinst, du hast gerade mit diesem seltsamen Typen geredet, der hier mit dem Kopf durch die Wand und so weiter?“

„Geredet auch.“

„Ja, was denn noch? Hat er dich probeweise mal mitgenommen? Bist du auch mit dem Kopf durch die Wand?“

„Quatsch! – Besorge dir lieber ein Basecap. Der kann Gedanken lesen.“

Leon fand das kein bisschen seltsam. Er sprang sofort darauf an.

Gedanken lesen! Auch das noch! Bisher hatte er immer gedacht, Gedanken seien frei. Aber nein, sie werden abgehört. Mein Gott, wo war er hier gelandet?

Erst jetzt dachte er nach.

„Stimmt das auch?“ Leon war nun doch skeptisch geworden.

„Ich weiß ja“, beruhigte sie ihn, „das hört sich nach einem Rappel an. Aber er hat auf gedachte Fragen tatsächlich reagiert. Also kann er wohl Gedanken lesen, oder?“

„Tja, ich weiß nicht. – Was machen wir?“

„Hab ich doch gesagt: Basecap besorgen!“

„Willst du die ganze Zeit mit Basecap rumlaufen?“

„Warum nicht, schützt auch vor Sonnenstich.“

AUSFLUG NACH BLAUENBURG

Nach dem Frühstück holperten Julia und Leon auf zwei klapprigen Drahteseln in die Stadt. Möllners hatten so was im Schuppen stehen.

„Sag mal“, begann Leon, als sie ein gutes Stück auf der Buckelpiste vorangekommen waren, die neben dem Mühlenbach entlangführte, „warum, glaubst du, hat er dir das erzählt?“

„Was?“, fragte Julia zurück.

„Na, dass er Gedanken lesen kann. Warum gibt er einfach so seinen Trumpf aus der Hand?“

„Dass er Gedanken lesen kann, hat er nicht gesagt. Er hat mir zu verstehen gegeben, wie ich meine Gedanken vor ihm verbergen kann“, korrigierte sie Leon.

„Läuft auf dasselbe hinaus. – Du glaubst ihm?“ Leon war nicht so leicht zu überzeugen.

„Warum nicht. Vielleicht liegt ihm nichts an seinen Trümpfen, und er sieht uns auch nicht als Gegner“, meinte Julia. Der Mühlengeist hatte sich schließlich gefreut, als er sie sah.

„Oder er hat noch mehr Trümpfe und diese Gedankenlesergeschichte ist nur ein Klacks. – Aber als was, meinst du, sieht er uns dann – wenn nicht als Gegner?“, ließ Leon nicht locker.

„Vielleicht benötigt er Hilfe. Vergiss nicht, was die beiden Alten gesagt haben. Sie meinten, er wollte ihnen etwas mitteilen.“

„Warum hat er es nicht getan?“

„Er bekommt kaum einen Ton heraus und wenn doch, dann stehen einem die Haare zu Berge, kann ich dir sagen. Echt

gruftig, zum Weglaufen. Besser, er redet nicht so viel."
„Wie habt ihr euch dann unterhalten?", fragte Leon verblüfft.
Julia erzählte ihm nun auch den Rest.

Nach ein paar Minuten hatten sie Blauenburg erreicht. Auf den letzten Metern ging es auf glattem Kopfsteinpflaster steil bergan. Sie passierten das Riesenzeller Stadttor, eine Art Doppeltor aus dem Mittelalter – nicht zerbröselt und verfallen, sondern gut erhalten wie das gesamte Stadtzentrum. Julia und Leon traten wie verrückt in die Pedale. Wie zwei Dampfloks schnauften sie dabei um die Wette. Kraft war nicht entscheidend, sondern nur ein geschickter Umgang mit der Gangschaltung. Julia konnte das am besten und war Erste.

Als Julia und Leon schnell atmend auf dem Marktplatz standen, sahen sie sich nach einem Souvenirshop um. Das Rathaus (es nahm fast die komplette linke Seite des Marktplatzes ein), der Brunnen in der Mitte des Platzes und die Häuser, die im Karree gebaut worden waren und den Marktplatz einschlossen, interessierten sie im Moment nicht. An einer Straßenecke, dem Rathaus gegenüber, entdeckten sie einen Laden. Sofort steuerten sie ihn an.

Der Souvenirhändler wartete nicht darauf, dass jemand zu ihm in den Laden kam. Er kam den Leuten mit seinem Angebot im wahrsten Sinne des Wortes entgegen. Genau genommen verstellte er ihnen den Fußweg. Ständer mit Ansichtskarten und Broschüren standen da ebenso wie rollbare Vitrinen voller Bierkrüge, Zinnbecher, Flaschenöffner, Korkenzieher und Schnapsgläser. Haufenweise Klimbim, mit Stadtwappen und Stadtabbildungen verziert. Eine Verführung für die vielen Touristen. So ohne weiteres kam man hier nicht vorbei.

Einer dieser Ständer hing auf drei Etagen voller Basecaps. Man hatte die Auswahl zwischen allen möglichen Farben und Motiven. Im Schaufenster, zu dem man sich an den Ständern und den neugierigen Touristen vorbeidrücken musste, waren Fachwerkhäuser, Burgen, Schlösser im Miniaturformat, mit oder ohne Beleuchtung, zu sehen. Von den Haltearmen der ausgefahrenen Jalousie hingen T-Shirts und in durchsichtiger Folie verpackte Poster herab, bedruckt mit historischen und modernen Stadtmotiven. Nicht schlecht, dachte Julia. Aber für beides reichte das Geld nicht. Sie waren wegen der Basecaps hier, da mussten die T-Shirts erst mal warten.

Die Häuserwand bestand im Erdgeschoss in breiter Front nur aus Schaufensterglas. Seitlich war hinter dem Glas ein Schild in A4-Größe angebracht. Darauf war ein schwarzes Fahrrad rot durchgestrichen. Drunter brüllte die Schrift ampelrot: ANLEHNEN VERBOTEN!!! Leon zuckte zusammen. Ein wachsamer Verkäufer lauert wohl auch hier hinter Glas und Gardinen wie eine verrückte Spinne. Sobald der Lenker das Glas berührt und die Scheibe erzittern lässt, stürzt er sich auf sein Opfer, schimpft beleidigend („Lesen habt ihr wohl nicht gelernt!") und zieht es im schlimmsten Fall an den Ohren. Leon wäre es beinahe mal so ergangen. Aber das ist schon eine Weile her.

Er und Julia stellten ihre Räder so gegeneinander, dass sie nicht umfallen konnten. Dann belagerten sie den Basecap-Ständer. Alles, was nach Ladenhüter aussah, sortierte Julia gedanklich aus. Sie wusste, was zu ihr passte.

Julia suchte allerdings vergeblich nach einem rosa Cap. Rosa Untergrund mit weißem Druck hätte ihr gefallen. Aber was soll's. Sie nahm ein rapsgelbes. Himmelblau waren das Stadttor und der Schriftzug „Riesenzeller Stadttor" draufgedruckt. Durch dieses Tor waren sie eben in die Stadt gekommen. Julia war versorgt. Leon konnte sich nicht entscheiden.

„Guck mal, wie findest du das?" Er zeigt Julia ein schwarzes Cap mit weißer Schrift.

„Schwarz und Weiß? – Igitt, das sind doch keine Farben. Außerdem kriegst du unter Schwarz einen Sonnenrappel", lehnte Julia Leons erste Wahl ab.
„Na, dann nicht. Hat mir auch nicht gefallen", brummte er verlegen und nahm sich was Lindgrünes.

„Das sieht schon besser aus", meinte Julia anerkennend. Sie verstand eindeutig mehr von Farben als Leon. Schwarz gefiel ihm aber. Also kaufte er ein lindgrünes Cap mit rundum schwarzer Stadtsilhouette und setzte es sofort auf.
Als Julia das Basecap auf Leons Kopf sah, hatte sie eine Idee.
„Bleib mal stehen", meinte sie.
Sie ging um Leon herum und folgte mit dem Blick der Stadtsilhouette auf dem Basecap.
„Jetzt bin ich einmal um die ganze Stadt gelaufen", sagte sie.
Eigentlich war das ja absurd, aber ein bisschen stimmte es auch. Mal sehen, was Leon dazu sagte.
„Einmal um mich herum, meinst du wohl", korrigierte er.
„Nein, wenn ich Stadt sage, meine ich das auch so", beharrte Julia und schmunzelte.

„Ja ja, würdest du mir das bitte mal erklären!“, war Leon genervt.
Julia blieb unbeeindruckt.
„Auf deinem Cap ist die Stadt von allen Seiten zu sehen. Gehe ich einmal um dich herum, gehe ich einmal um die Stadt! So einfach ist das“, erklärte Julia.
„Ach so meinst du das. – Trotzdem ... na ja ...“, winkte Leon ab. Ihm war es zu blöd, Julia zu erklären, was sonnenklar war und jeder sehen konnte. Sie standen mitten in der Stadt und Leon hatte keine Lust auf einen Spaziergang an der mittelalterlichen Stadtmauer entlang. Irgendwie erwartete er diesen Vorschlag jetzt von Julia.
Aber darum ging es ihr gar nicht.
„Du hast die ganze Stadt im Kopf“, ließ Julia sich nicht beirren.
„Jetzt spinnst du aber.“ Leon konnte ihr nicht mehr folgen.
„Na klar, ich spinne meinen roten Faden weiter. Wenn auf deinem Basecap rundum die Stadtmauer zu sehen ist, muss zwischen den Mauern ja wohl die Stadt liegen. Jedenfalls eigentlich. Aber weil da nicht die Stadt, sondern dein Kopf steckt, muss die Stadt ja wohl in deinem Kopf drin sein. Logisch, oder? Du könntest also in Gedanken durch die Straßen gehen, wohin du willst. Du kannst dir sogar die Jahreszeit aussuchen. Ob Winter, Sommer – du hast die Wahl. Wie ist es denn so, eine ganze Stadt im Kopf zu haben?“, versuchte Julia Leon von ihrem Gedankenspiel zu begeistern.
„Es geht so“, antwortete er lustlos.
„Schade, dass du nicht mitgehen willst. Oder willst du lieber allein ...“
„Mensch, lass das jetzt! Es reicht.“ Leon fühlte sich überfordert. So was war einfach nicht seine Art.
Ganz im Gegensatz dazu Julia. In ihrem Kopf befand sich eine hochmoderne Gedankenspinnerei. Die ließ sie gerade auf

Hochtouren arbeiten. Leon hatte keine Ahnung, dass so was Spaß macht.
Julia seufzte: „Man, du Stiesel, spinn doch mal mit!“
„Das nächste Mal vielleicht.“
Julia nahm sich vor, ihn beim Wort zu nehmen.
Beide gingen in den Laden und bezahlten. Die Verkäuferin war freundlich und sah eigentlich nicht wie eine Spinne aus. Aber wenn die Schaufensterscheibe unter einem Fahrradlenker erzittert, weiß man nie, was aus einem freundlichen Menschen wird.
Jedenfalls hatten sie nun ihre Basecaps.
Dem Mühlengeist schienen sie aufs Wort zu glauben.

BLAULICHT IN DER STADT

Sie hatten noch Zeit und ließen sich im Strom der vielen Touristen durch die Stadt treiben. Wer eine mittelalterliche Stadt sehen und durch enge Gassen laufen wollte, kam aus allen Teilen der Welt hierher. Alles war viele Jahrhunderte alt: das Rathaus, die zahlreichen Brunnen, die windschiefen Häuser, die krummen Straßenzüge und das Flair. Jedes Haus atmete Geschichte. Generationen von Menschen haben in diesen Häusern gelebt, haben aus eben diesen Fensteröffnungen neugierig auf die Straße oder in die Nachbarhäuser gesehen und sind durch diese Türöffnungen ins Haus oder auf die Straße gegangen. Im Sommer, im Winter, hungrig und verzweifelt in kriegerischen Zeiten, das Leben genießend in besseren. Wer

heute hierher kam, unternahm einen Ausflug in eine längst vergangene Zeit und war in der Regel gut genährt.
Wenn die Leute aber gewusst hätten, welchem unglaublichen Geheimnis Julia und Leon, die eben im Gewühl verschwanden, auf der Spur waren, hätten sie die Stadt wohl links liegen gelassen und wären den beiden hinterhergeschlichen.
Doch niemand wusste etwas, und das war gut so. Die beiden liefen nichts ahnend ihrem nächsten Abenteuer in dieser Angelegenheit entgegen.
Zufällig führte sie der Weg am Kriminalmuseum vorbei.
Vor dem Haus standen Polizeifahrzeuge mit eingeschaltetem Blaulicht. Das Chaos und die Zerstörung in der Einrichtung, die wer weiß wie lange geschlossen werden musste, wurde von dutzenden Polizisten untersucht. Geschäftig wie Ameisen liefen sie hin und her.
„Was ist denn hier passiert?", fragte Julia und blieb stehen.
„Keine Ahnung", erwiderte Leon, nicht übermäßig interessiert. Schließlich waren sie einer viel spannenderen Sache auf der Spur.
Julia und Leon wollten schon weitergehen, als das Mädchen Hauptkommissar Schlöpfner an einem der Fahrzeuge entdeckte. Er sprach mit dem Museumschef.
„Guck mal, den kennen wir doch", meinte sie und machte eine Kopfbewegung zum Polizisten hinüber.
„Der sieht ein bisschen ratlos aus, findest du nicht? Wie gestern Abend", fiel Leon auf.
Er wandte sich an einen der umstehenden Neugierigen:
„Was ist denn passiert? Wurde eingebrochen?"
„So genau weiß das niemand. Aber das Museum soll komplett zerstört sein. Ein Folterinstrument, sieht wohl aus wie eine gruselige Frau und ist mindestens zwei Tonnen schwer, flog sogar zum Fenster raus. Keine Ahnung, wie die Einbrecher das ge-

macht haben und warum. Der Hausmeister ist der einzige Zeuge. Der wohnt ja hier, erzählt aber nur wirres Zeug. Hat wohl einen Schock bekommen. Die Folterfrau, oder wie das Ding heißt, hat die Polizei unten aus dem Fluss gefischt und mitgenommen, um es auf Spuren zu untersuchen", gab er Auskunft. Keine Frage, der Mann stand schon länger hier.
„Weiß man, wer das war?", fragte Julia.
„Der Hausmeister hat wohl was gesehen. Aber bei dem scheint eine Schraube locker zu sein."
„Was hat er gesehen?", wollte Julia trotzdem wissen.
Der Mann räusperte sich, als wäre es ihm peinlich zu sagen, was er wusste.
„Sie ist wohl hinter ihm hergerannt", sagte er leise.
„Eine Einbrecherin?", war Julia verblüfft.
„Nein, diese Folterfrau", sagte er verschämt.
Auf Julias Stirn zeigten sich Falten. Sie glaubte nicht richtig gehört zu haben.
„Wie bitte? Seit wann kann denn ein Folterinstrument laufen? Es sei denn ...", unterbrach sie sich und flüsterte Leon ins Ohr: „... ein Geist ist in sie gefahren."
Er nickte bedeutungsvoll und flüsterte zurück: „So viele wird es davon ja wohl hier nicht geben."
Plötzlich hatten sie es gar nicht mehr eilig, zur Mühle zurückzukommen.
War das möglich? Hatten sie hier, viele Kilometer von der Mühle entfernt, eine Spur des Mühlengeistes gefunden?
Wenn ja, was hatte er hier zu suchen?
Dieser Frage mussten sie auf den Grund gehen. Doch wie sollten sie durch die Polizeiabsperrung in das Gebäude gelangen? Sie waren ja keine Mäuse und Flöhe schon gar nicht!
Das Gebäude erinnerte wegen seiner Größe und seiner verwinkelten Fassade an eine Burg. Die Polizei hatte glücklicher-

weise nur den Eingangsbereich abgesperrt. Zwar konnte man auch von der Rückseite nicht in das Gebäude gelangen, weil da die Stadtmauer war. Trotzdem war es nicht schwer, einen Schleichweg zu finden. Hinter einem Mauervorsprung führte eine Treppe ins Kellergeschoss des Museums. Was die beiden nicht wussten: Durch diese Tür ging normalerweise der Hausmeister ein und aus. Er schloss morgens auf und abends ab. Heute hatte er sie etwas später aufgeschlossen. Aber Hauptsache war, die Tür stand überhaupt offen.
Die beiden huschten lautlos wie zwei Schatten ins Haus.
Natürlich hatten Julia und Leon keine Taschenlampen dabei. Auf heimliche Nachforschungen waren sie nicht eingerichtet. Sie knipsten das Licht an und hofften, dass sich kein Uniformierter in den Keller verirrte.

PLÖTZLICH EINE HEISSE SPUR

„Wonach suchen wir eigentlich?“, fragte Julia.
„Das solltest du am besten wissen. Nach einem uralten Kriminalfall natürlich“, antwortete Leon wie aus der Pistole geschossen.
„Was denn, hier im Keller?“ Damit hatte Julia jetzt nicht gerechnet.
„Beruhige dich, eine Leiche werden wir schon nicht finden“, versprach Leon. „Aber ich hoffe, hier gibt's ein aufgeräumtes Archiv, in dem wir stöbern können. Los komm, sehen wir mal nach!“

Es gab in dem Kellergeschoss, das ungefähr dem Grundriss des Museums entsprach, zahllose Türen, und die wenigsten waren verschlossen.
„Dann wollen wir mal", begann Leon und zog die erste Tür auf.
Er knipste das Licht an. Der Raum war leer. Hinter der zweiten und dritten Tür waren Büros. Dann kam ein kleiner Raum mit Reinigungsmitteln. Im nächsten waren ausrangierte Vitrinen bis unter die Decke gestapelt ...
Julia fand zunächst eine Sammlung von Morgensternen. Hinter diesem niedlichen Wort verbargen sich mit Eisenstacheln bespickte Keulen, scheußliche Waffen also. Weiterhin fand sie die Reste einer zweiten Eisernen Jungfrau. Die war aber von Kanonenkugeln derart durchlöchert, dass sie eher an Schweizer Käse erinnerte. Ein Wunder, dass dieser „Folterkäse" nicht in sich zusammenbrach. Ein Stützkorsett aus Eisenstreben hielt die Eiserne Jungfrau zusammen.
Leon sah noch kurz in einen schaurigen Wald voll wettergegerbter Holzgalgen und bröckelnder Steinpranger. Schlingen und Ketten lagen geordnet und beschriftet in einem Regal.
Julia stieß die entscheidende Tür auf. Dabei sah es zunächst gar nicht danach aus. In dem Raum waren ein paar Tische, auf jedem stand eine Lampe. Wie im Lesesaal einer Bibliothek, dachte sie und sah sich weiter um. Da entdeckte sie eine zweite Tür. Dahinter befanden sich tatsächlich die Bibliothek und das Archiv des Museums. Regale türmten sich bis unter die Decke, locker gefüllt mit gedruckten und handschriftlichen Büchern sowie mit mit Dokumenten vollgestopften Ordnern und Kartons.
„Hierher, Leon. Ich hab's!", rief Julia vor Aufregung ein bisschen zu laut.
„Psst!", zischte Leon, als er den Raum betrat. Ihre Suche hatte

sich gelohnt!
Doch hatte die sich wirklich schon gelohnt?
„Wie willst du hier etwas finden? Weißt du überhaupt schon, was genau du suchst?“, fragte Julia.
Erst mal einen Überblick verschaffen, dachte Leon.
Das Archiv war alles andere als eine heruntergekommene Abstellkammer. Kürzlich war renoviert worden. Der Boden war hell gefliest. Man kann nicht sagen, dass das Neonlicht von der Decke und den Wänden ungemütlich und unwirtlich gewesen wäre. Es erfüllte einfach seinen Zweck und erhellte den Raum angenehm. Die etwa zwei Meter fünfzig hohen Regale waren aus Metall, hellgrün gestrichen. Es gab, wie gesagt, Platzreserven. Drei Regalreihen waren so angeordnet, dass sie vier parallele, etwa dreißig Meter lange Gänge bildeten. Die Wände waren frei und in einem hellen Gelb gestrichen. Im Abstand von etwa zehn Metern waren zwei Quergänge angelegt. Alles war überschaubar.
Wie waren die Dokumente geordnet?
„Ganz ruhig. Wir gehen systematisch vor“, erwiderte Leon. Er war in seinem Element.
„Das hier ist ein mittelalterliches Kriminalmuseum“, begann er.
„Ja gut. – Na, und weiter?“, drängte Julia.
„Oben gibt es Mundbirnen, Streckbänke, Galgen, na Ausstellungsstücke eben, hier im Archiv die historischen Dokumente dazu“, ordnete Leon seine Gedanken.
„Wenn du meinst“, meinte Julia und wollte schon gähnen.
So weit war ja auch alles klar.
„Das interessiert uns aber gar nicht“, meinte Leon nun.
Julia hätte vor Erstaunen beinahe ihr Gähnen verschluckt.
„Ach, und warum sind wir dann hier?“, fragte sie einigermaßen verblüfft.

„Na ja, das meiste jedenfalls nicht“, schränkte er ein.
„Wir picken uns nun die Rosinen aus dem Kriminalkuchen aus Raub, Mord und Totschlag.“
„Spinnst du? Was denn für Rosinen? Hast du Hunger oder was?“, fragte sie Leon.
„Quatsch! Wenn ich nachdenke, habe ich keinen Hunger. – Das ist doch nur ein Sinnbild. Das Archiv ist der Kriminalkuchen. Wir wollen aber nur die Rosinen. Mit Rosinen meine ich alles, was aus Blauenburg hier im Kuchen – ich meine natürlich im Archiv – gelandet ist. – Also los!“
„Willst du wirklich jeden Ordner ausschütten und nach vertrockneten Trauben suchen?“ Julia stellte sich das gerade vor und lachte.
„Die werden ja wohl einen Katalog-Computer haben“, meinte Leon.
„Hauptsache, du guckst in so einen Katalog nicht wie ein Schwein ins Uhrwerk“, stichelte Julia.
Wenn der PC mit einem Passwort geschützt ist, kann das passieren, dachte er, sagte aber nichts.
Er musste nicht lange suchen. An der Stirnseite eines Regals, das dafür etwas kürzer war als die anderen, stand der Computertisch.
„Dann wollen wir mal“, sagte er und startete den PC.
Der wollte zwar keine Rosinen, aber wie befürchtet ein Passwort. Julia fluchte „Mist“ und Leon klickte einfach auf OK. Der Computer hatte nichts dagegen.
Leon atmete tief durch.
„Ich hab es geahnt. So ein Passwort geht nämlich nach hinten los, wenn man es vergisst. Dann kannst du deinen eigenen Computer knacken. Die Leute hier wollen das wohl nicht riskieren und haben kein Passwort eingegeben. Glück gehabt!“, meinte Leon, während er nun das Katalogprogramm startete.

Bald erschien eine Eingabemaske auf dem Bildschirm. Alle möglichen Dinge konnten da eingegeben werden: Jahr, Region, Ereignis, Ort usw.
„Was machen wir?", wollte Leon wissen.
„Gib mal bei Region Blauenburg und als Stichwort Mühle ein", schlug Julia vor.
Leon tat es. Es gab genau 2135 Treffer.
„Zu viele", winkte Julia ab.
„Ich mache aus Mühle mal Wassermühle. Dann haben wir die Windmühlen draußen", meinte Leon und tat es. Die Trefferzahl sank auf 1351.
„Immer noch zu viele."
Leon gab bei Ereignis Mord und Totschlag ein. Immerhin noch 15 Treffer. Sie sahen sich jeden einzelnen Treffer an. Aber nichts passte.
„Wäre auch zu schön gewesen. – Und nun?", hob Julia ratlos die Schultern und seufzte.

„War ja klar", entgegnete Leon. „Nur wenn man seine Knochen gefunden hätte, würde er auch im Computer stehen. Von deinem traurigen Prinzen weiß aber niemand etwas. Seine Ermordung ist ein unbekanntes Verbrechen. Vielleicht wurde er ja entführt und nie wieder freigelassen." Leon gab das Stichwort Entführung ein. Blauenburg und Wassermühle blieben. Kein Treffer.

„Vielleicht ist das ein adliger Junge."

„In Müllerkleidung?" Julia war skeptisch.

„Zur Tarnung. Ein Adliger in einer Mühle fällt auf, ein Müllerknecht nicht. Die waren in dem Alter damals auf Wanderschaft. Ein Knecht in einer Mühle war nichts Besonderes, ein junger Adliger schon", meinte Leon.

„Na schön, probieren wir es. Lösche Wassermühle und gib Schloss ein."

Kein Treffer.

„Es gab auch andere reiche Leute, von denen man Geld oder was auch immer erpressen konnte. Handwerker, Ratsherren, Bürgermeister. – Und schreibe Entführung endlich mit h, sonst findest du gar nichts!"

Leon seufzte, fügte das h ein und probierte es nacheinander mit den drei Stichworten.

Das ergab immerhin einen Treffer. Besser als gar keiner, auch wenn der nicht gerade vielversprechend aussah.

Julia las vor.

„Bürgermeister Grünhuber hält Audienz. Besucher tobt wie besessen und geht Bürgermeister an die Gurgel. Wachen kommen und nehmen Angreifer fest. Bürgermeister droht mit Haft. Grund für Tumult: Sohn des Mannes ist verschwunden, er vermutet Entführung, bezichtigt unseren Bürgermeister. Der weiß von nichts. Sohn gilt seither als verschollen. Keine Forderungen. Keine Beweise. Hat sich wohl aus dem Staub gemacht. Anschuldigung ist ungeheuerlich."

Das war alles. Mehr stand da nicht.

„Ob es eine Entführung war, ist nicht sicher. Aber das Wort taucht auf, deshalb der Treffer."

„Gott, warum konnten die nicht den Namen des Mannes da reinschreiben? Wer war der Mann?"
„Keine Ahnung." Leon hob hilflos die Schulter.
Für einen Augenblick machte sich Enttäuschung breit. So schnell kann eine heiße Spur abkühlen. Nur weil dieser blöde Name fehlt.
„Wann war das?", fragte Julia, noch etwas zerknirscht.
„Warte, hier steht es: 1385."
„Ganz schön lange her, mehr als 600 Jahre. Was meinst du, ist das eine Spur?" Julia war gespannt.
„Könnte sein, könnte aber auch nicht sein. Ich weiß es nicht."
„Wo stand diese Meldung?", fragte Julia.
„Na hier im Computer, wo sonst?" Leon verstand die Frage nicht.
„Nein, das meine ich nicht. Ich frage nach der Quelle. Von welchem Schriftstück wurde diese Meldung in den PC übernommen?", erklärte Julia.
„Warte, ich sehe nach. – Da steht's. Ach ja, aus den Gerichtsakten natürlich. Was anderes gibt es hier gar nicht", fiel Leon nun ein.
„Was? Es hat deshalb einen Prozess gegeben! Wer war angeklagt? Los, guck nach!", war Julia plötzlich sehr aufgeregt.
„Steht nicht da. Dann taucht der Name wohl auch in der Akte nicht auf. Lass uns nachsehen", meinte Leon, der nun auch Feuer gefangen hatte.
„Wo?"
Leon schrieb eine Nummer auf einen Zettel. Dann suchten sie die Regale ab.
Als sie das Schriftstück vorsichtig in den Händen hielten, hätte Leon vor Ärger platzen können.
„Verdammt, ausgerechnet die Stelle, auf der dieser Name stehen müsste, fehlt!", schimpfte er. Mühsam hatte er diese alte

Handschrift entziffert.
Die Ecke sah aus wie abgerissen. War das Zufall?
„Diese Zeichnung lag dabei“, unterbrach Leon seine Grübelei und reichte ihr ein vergilbtes Stück Papier.
„Huch, der sieht aber furchtbar aus. Diese feuerroten Haare und dann diese schreckliche Narbe am Hals. – Der sieht doch wie ein Bilderbuchverbrecher aus. Was! – Und der war das nicht?!“ Julia konnte es nicht fassen. Doch wer war diese unscheinbare Frau neben ihm? Saß sie auch auf der Anklagebank?
„Warum war der überhaupt angeklagt?“, wollte Julia wissen.
„Verschiedene Sachen wurden ihm und seiner Frau zur Last gelegt ...“
„Ach, dann ist das seine Frau. Was haben sie getan?“, fragte sie noch einmal.
Leon versuchte sein Bestes, um die alte Schrift zu entziffern. Ein paar Geheimnisse ließ sich das Schriftstück entlocken.
„Der Bürgermeister hat die Sache ins Rollen gebracht. Er hat den Rothaarigen, der übrigens einige Jahre zuvor zum Tode verurteilt worden war, aber flüchten konnte, enttarnt. Frag mich aber nicht, wie ihm das geglückt war. Dazu steht hier nichts. Der Rothaarige hatte noch weitere Verbrechen auf dem Kerbholz, die reichten, um zehnmal gehenkt zu werden. Er hatte hier jahrelang gelebt, ganz unauffällig als Müller, aber eines Tages hatte ihn der Bürgermeister – überlegt dir das mal: der Bürgermeister einen Müller – im Visier!“
„Steht da was von der angeblichen Entführung und dem Rothaarigen?“, versuchte Julia einen Zusammenhang zu erkunden.
Aber Leon hörte gar nicht hin.
„Warte mal. Was ist denn das?“, schrie er fast.
Leon stand das Entsetzen ins Gesicht geschrieben.

„Die konnten die ganze Zeit nicht reden. Rate mal, warum.“ Leon war blass geworden.

„Wenn ich dich so ansehe, würde ich denken ... – Nein! Das kann doch nicht sein!“, rief Julia. Ihre Haare sträubten sich vor Entsetzen.

„Doch, beiden fehlte die Zunge. Und schon wieder taucht in diesem Zusammenhang der Bürgermeister auf. Er hatte die Verstümmelung angeordnet. Angeblich, weil sie vom Teufel besessen und gotteslästerlich geflucht hätten. Es ging um ihr Seelenheil, steht hier. Ohne Zungen konnten sie ja nicht mehr fluchen. – Teuflisch, nicht?“, war Leon betroffen.

O Gott, nie mehr reden können! Keine Gedanken in Worte fassen, sich keinem Menschen mehr mitteilen können war das Schlimmste, das sich Julia im Moment vorstellen konnte.

„Der Bürgermeister hat seine Finger ein bisschen zu oft im Spiel, findest du nicht?“, fuhr Leon fort. „Man könnte meinen, der wollte was vertuschen. Ohne Zungen konnten die beiden überhaupt nichts mehr sagen. Fragt sich nur, worauf es dem Bürgermeister tatsächlich ankam. Auf gotteslästerliche Reden? Glaub ich nicht. Für mich steht fest: Der Rothaarige und seine Frau wussten zu viel. Diesen Bürgermeister sollten wir mal genauer unter die Lupe nehmen! Mit dem stimmt was nicht. Auch zum geheimnisvollen Besucher während der Audienz haben wir nichts weiter erfahren.“

„Aber nicht mehr heute“, bremste Julia Leons Eifer.

„Es grenzt an ein Wunder, dass uns noch niemand entdeckt hat“, fand sie.

„Du willst schon gehen?“, fragte Leon verblüfft.

Im selben Moment schlug irgendwo im Keller eine Metalltür zu. Schritte kamen näher.

„Mach das Licht aus!“, raunte Julia. Sie hatte die Tür zum Archiv zwar geschlossen, aber sicher ist sicher.

Leon huschte lautlos zum Lichtschalter.
„Verdammt!", fluchte er, als er zu Julia zurück wollte. Er war im Dunkeln an eine Tischkante gestoßen. Die Tischbeine scharrten über den Boden. Ohrenbetäubend, wie beide fanden. Sie erstarrten vor Schreck und lauschten auf die Schritte, die an der Tür – jetzt hielten sie den Atem an – Gott sei Dank vorbeigingen.
Julia und Leon wussten nicht, dass der Hausmeister in den Keller gekommen war. Glücklicherweise hatte der momentan kein Ohr für ungewöhnliche Kellergeräusche. Der war mit seinen Gedanken ganz woanders. Der Museumsboss hatte ihn ins Lager geschickt, um neues Schreibpapier zu holen. Die Schäden und Verluste, die für den eigenen Überblick und nicht zuletzt für die Versicherung dokumentiert werden mussten, nahmen einfach kein Ende.
„Dem Chef geht das Papier aus und ich kann mal wieder rennen", fluchte der Hausmeister halblaut vor sich hin.
Von den heimlichen Besuchern im Keller bemerkte er nichts.
Als er den Keller wieder verließ, die Treppe zu den Museumsräumen hinaufstieg und die träge Metalltür endlich ein zweites Mal geräuschvoll ins Schloss fiel, verließen Julia und Leon schleunigst das Haus, und zwar auf demselben Weg, auf dem sie es vor fast zwei Stunden betreten hatten.
Kurze Zeit später standen sie mit ihren Rädern wieder auf der Straße und nahmen einen Umweg.
Bloß keinem über den Weg laufen, der blöde Fragen stellt!
Sie dachten an den Hauptkommissar. Der kannte sie schließlich. Plötzlich standen sie wieder auf dem Marktplatz. Von hier nahmen sie denselben Weg, auf dem sie gekommen waren, und verließen die Stadt.
Längst waren Julia und Leon auf ihre Räder gestiegen und rollten die Straße hinab. Warum das Rad schieben, wenn es

auch gemütlicher geht.
„Alles, was du hier brauchst, sind gute Bremsen", rief Leon gegen den Fahrtwind. Sie rasten auf einem Weg, der sich in halsbrecherischen Kurven ins Mühlental hinabschlängelte. Wohlbehalten überquerten sie den Fluss auf einer ziemlich alten Brücke, bogen nach rechts ab und radelten zu ihrer Urlaubsmühle zurück.

WIRD ES BRENZLIG FÜR DIE MÜHLE?

„He, ihr zwei! Wie wäre es mit einer Runde Mensch-ärgere-dich-nicht?", rief Anna Möllner Julia und Leon zu, als die beiden nach dem Mittagessen auf dem Mühlenhof Federball spielten und dabei das Radhäuschen nicht aus den Augen ließen.
„Es gibt Neuigkeiten. Na, ihr wisst schon", flüsterte die Wirtin. Ihr Mann hatte sich hingelegt.
Mensch-ärgere-dich-nicht? Das ist ja schlimmer als Halma und Maumau zusammen, dachte Leon. Wenn er etwas spielte, dann Schach. Aber auf die Neuigkeiten war er gespannt. Also machte auch er mit.
„Heute schon Radio gehört?", fragte Anna Möllner in die Runde, als die drei im Schatten an einem Gartentisch saßen und Julia mit einer Sechs das Spiel eröffnete.
„Nein, noch nicht", erwiderte Julia und setzte ihre Figur vier Felder vor.
„Na, dann – sitzt ihr gut?" Anna Möllner ließ die Spannung

knistern. Sie war mit Würfeln dran und erzählte, was sie am Morgen von der Zerstörung des Kriminalmuseums gehört hatte. Der Reporter wäre ziemlich aus dem Häuschen gewesen. Er redete von „sehr, sehr geheimnisvoll“ und „geradezu mysteriös“. Man hätte fast seine Gänsehaut gespürt. Anna Möllner gruselte es jetzt noch.

„Wissen wir doch längst“, winkte Julia ab.

Damit hatte Anna Möllner nicht gerechnet.

„Hm“, meinte sie einen Moment etwas ratlos, „aber das wisst ihr noch nicht: Ich habe gleich den Polizisten, den von gestern Abend, angerufen und ihn gefragt, was da los war. Und wisst ihr, was er gesagt hat?“ Sie hatte zwei Sechsen gewürfelt und starrte nun auf das Spielbrett.

„Wissen wir nicht“, sagte Leon und wartete geduldig. Erst als Anna Möllner ihre Figur gesetzt hatte, fuhr sie fort:

„‚Sehen Sie‘, hat er gesagt, ‚so genau weiß das niemand. Aber wenn Sie mich fragen‘, meinte er, und das tat ich ja schließlich, ‚hängt beides zusammen.‘ Wie er das meinte, wollte ich natürlich wissen. Und jetzt kommt's: ‚Na, der unheimliche Besuch in Ihrer Mühle und im Museum. Das war ein und derselbe.‘ Hat er gesagt! Wie er darauf käme, wollte ich wissen. ‚Wir haben einen Augenzeugenbericht, der eigentlich nur diesen Schluss zulässt. Mehr will ich im Moment nicht sagen‘, meinte er. Ich wusste auch so schon genug“, schloss Anna Möllner ihren Bericht.

Für Leon und Julia waren auch das nicht gerade News.

Die alte Frau machte sich aber Sorgen.

„Es wird langsam brenzlig“, fürchtete sie. „Wer ist das und was will er? Hoffentlich demoliert er unsere Mühle nicht auch noch. Wir müssen etwas unternehmen. Habt ihr nicht eine Idee?“

„Tja“, meinte Julia. „Was der vorhat, wissen wir auch nicht. Trotzdem sind wir schon ein Stück weiter gekommen. Ich glaube aber nicht, dass wir es sind, die sich vor ihm fürchten müssen. Und die sich vor ihm fürchten müssten, sind längst gestorben. Eine verzwickte Situation. Gar nicht so einfach zu managen."

Nun berichtete Julia vom Gespräch mit dem Mühlengeist und von den heimlichen Nachforschungen im Archiv. Für Anna Möllner war der Bericht purer Nervenkitzel. Allein vom Zuhören standen ihr die Haare zu Berge.

Die Sache mit den Basecaps verheimlichte Julia. Es war ihr peinlich. Anna Möllner konnte da leicht auf nicht gerade schmeichelhafte Gedanken kommen. Das zumindest redete sich Julia ein. – Zugegeben, ein bisschen seltsam würde sich dieser Satz schon anhören: „Wir tragen die Basecaps, damit der Mühlengeist unsere Gedanken nicht lesen kann. Hat er uns selber empfohlen!" Na, was würde die alte Frau da wohl sagen? – Aus Höflichkeit wohl gar nichts! Sie würde sich ihren Teil denken, komisch gucken und diskret das Thema wechseln. Alles andere, glaubte Julia, wäre ein Wunder, mit dem man nicht rechnen kann.

Bis vor zwei Tagen waren Geister für Julia und Leon nur Hirngespinste, die in Märchen, Sagen und Gruselgeschichten, allerhöchstens in Albträumen auftauchten, wie es ihnen passte. Manche von ihnen waren chaotisch. Sie trugen ihren Kopf unterm Arm, beleuchteten das fies grinsende Gesicht mit einer Lampe und erschreckten einen zu Tode. Andere Geister schossen kreuz und quer durch die Luft wie wild gewordene Luftballons. Manche wirbelten wie Tornados und räumten ganze Landstriche ab. Wieder andere gingen grinsend durch meterdicke Wände oder belebten Gegenstände wie Schränke, Tische und Stühle und ließen alles gegen die Wand sausen. Doch so viel Kleinholz braucht heutzutage kein Mensch! Sie hausten in den dicksten Bäumen und den größten Bergen, auf Dachböden oder tief in Kellern, neuerdings auch in Autos, in PCs und manchmal sogar in den Gedanken von Politikern. Aber benehmen konnten sie sich nirgendwo. Manche Geister hielten sich stur an einen Zeitplan – niemand weiß, wer sich den ausgedacht hat –, tauchten Punkt Mitternacht in einem gottverlassenen Schloss auf oder schlichen mittags ab zwölf über Wiesen und Felder, um Landwirte, Spaziergänger oder Radfahrer zu erschrecken. Auch auf Klassenfahrten ließen sie sich sehen, entpuppten sich da aber meist als gruselnde Elternteile oder Lehrer. Das alles war spaßig oder gruselig – je nach dem. Doch nie im Leben hätten es Julia und Leon für möglich gehalten, mit einem echten Geist, also einem Wesen ohne Fleisch und Blut, unter einem Dach zu wohnen. Den Mühlengeist konnte man sehen und hören, aber ihm die Hand schütteln oder auf die Schulter klopfen konnte man natürlich nicht. Ihre Gedanken drehten sich um ihn wie um eine faszinierende Aufgabe, die wie ein Blitz aus heiterem Himmel geschossen war. Wer hat schon mit so etwas gerechnet? Sie waren entsetzt wegen dieses Verbrechens. Armer Kerl, dachte Julia immer mal wieder. Sie fühlten mit dem Mühlengeist, obwohl die jahrhundertelange Einsamkeit unvorstellbar sein musste. So etwas kann man eben nur als Geist ertragen, oder gar nicht. Aber etwas war für Julia und Leon neu. Sie hatten bei den vielen Nachforschungen überhaupt keine Zeit, das zu begreifen: Sie brannten darauf, die Zeit kennen zu lernen, in der er gelebt hatte. Er gab ihnen einen Grund, mit allen Sinnen ins Mittelalter abzutauchen. Denn sie wollten nichts Geringeres, als das unbekannte Verbrechen aufzuklären, und sie waren auf dem besten Weg dahin. Die Täter hatten sie schon im Visier, aber das Motiv lag noch völlig im Dunkeln. Noch wussten sie zu wenig über seine Zeit.

Ach ja, da war noch was. Nach seinen Gebeinen hatten sie noch nicht gesucht. Wahrscheinlich mussten dafür dicke Wände aufgebrochen werden, mit einem ohrenbetäubenden Schlagbohrer. Wie sollten Möllners den Eltern der beiden Kinder Bauarbeiten an der Mühle erklären, wo sie doch keinen Urlaub auf einer nervtötenden Baustelle, sondern Urlaub auf einem beschaulichen Mühlenhof gebucht hatten?

ER ERINNERT SICH EIN BISSCHEN

Der Mühlengeist war ziemlich verärgert. Er hatte große Lust, die Mühle in einen riesigen Trümmerhaufen zu verwandeln, mit viel Kleinholz dazwischen. Aber seine Gebeine waren hier irgendwo verscharrt. Bloß nichts durcheinanderbringen!, bremste er seinen Gespensterzorn. Wer käme anschließend auf die Idee, seine 206 staubigen Knochen Gebein für Gebein zusammenzusuchen?! Wer weiß überhaupt, dass sein Skelett aus 206 Knochen besteht und würde sich nicht schon mit 99 Knochen zufriedengeben? Wenn auch nur einer seiner Knochen verschwunden bliebe, wäre das eine Katastrophe.

Die sprichwörtliche Laus, die dem Mühlengeist übers Gemüt gelaufen war und ihn so verärgert hatte, war Leon!

War dieser Kerl einfach ins Radhäuschen gestürmt und hatte gestört, wie ihn noch nie jemand gestört hatte! Das furchtlose Mädchen gefiel dem Mühlengeist, zugegeben. Aber auch dieser Kerl mochte das Mädchen. Der Geist war eifersüchtig.

Als Julia plötzlich ein zweites Mal im Radhäuschen stand, floh

er nicht. Er hatte ja gehofft, dass sie wiederkommt.
Er selbst hatte Angst gehabt, damals! Wann war das? Er rechnete nicht nach, es lohnte nicht. Es war zu lange her und für die Katz gewesen. Der Mühlengeist erinnerte sich. Er hatte den Roten Veit angefleht, er möge ihn verschonen – damals, als er noch ein Mensch aus Fleisch und Blut gewesen war.
„Nichts da! Ich kriege Gold dafür", hatte der Rote Veit gerufen und den Gefesselten drei Meter tief in einen Schacht geworfen. Er schlug hart auf und blieb liegen. Veit hatte den tosenden Fluss aufs Rad gegeben. Nebenan ratterte das Mühlenrad. Der Lärm war ohrenbetäubend. Die Wand über ihm schloss sich. Er schrie um sein Leben und sich den Hals wund – für die Katz. Niemand hörte ihn. Trotzdem hörte er nicht auf zu schreien und zu wimmern. Aber das ging erst nach qualvollen Stunden im Getöse unter. Kein Mensch bekam etwas mit.
Von nun an kamen Geister zu Besuch.
Es blieb in der unruhigen Geisterwelt natürlich nicht verborgen, dass eines Nachts in dieser Mühle ein Geist eingezogen war. Einmal flatterte von der Burg nebenan das Burggespenst für einen Abend herüber. Doch nach einem Erdbeben stürzte die Burg in sich zusammen und der Mühlengeist sah das Burggespenst nie wieder.
Manchmal kamen die Geister gefallener Soldaten zu ihm. Dann wusste er, dass ein Krieg in der Gegend tobte. Die Krieger sahen furchtbar aus. Einigen fehlte der halbe Kopf, anderen ein Arm oder ein Bein. Manche waren durchlöchert oder aufgeschlitzt, anderen steckte ein Messer im Rücken oder eine Kanonenkugel im Allerwertesten. Diese Geister grölten und johlten und begriffen ihr Elend noch nicht. Mitten in den heldenhaftesten Kriegsberichten holte der Teufel die Prahlgeister gnadenlos ab. Dieses Gejammer dann! Es verdross ihn jedes Mal. Das hätten die sich früher überlegen sollen, dachte

er dann. Lauter unangenehme Leute waren das. Wie sie zu Lebzeiten waren, so redeten sie noch als Geister: roh und brutal. Da lieber gar nichts sagen.

Aber er musste zuhören, bis ihn der Teufel davon erlöste.

Abgesehen von den wenigen Gelegenheitsbesuchen sah er menschliche Geister eher selten. Freunde hatte der Mühlengeist trotzdem jede Menge: Wassergeister, Wiesengeister, Baumgeister, von Zeit zu Zeit kam auch mal ein Donnergeist vom Himmel geblitzt. Einmal hatte er für kurze Zeit eine Gefährtin an seiner Seite. Das Mädchen hatte sich aus Liebeskummer ein Stück flussaufwärts ertränkt. Bis man sie am Mühlenwehr fand, leiste ihr Geist dem Mühlengeist ein bisschen Gesellschaft und erzählte allerhand traurige Sachen. Es war zum Heulen.

Am liebsten waren ihm die Wassergeister. Die ließen das Wasser so schön rauschen und glucksen. Das hörte er gern. Aber hier an der Mühle kamen die Wassergeister ganz schön ins Schnaufen: wenn sie ins Mühlrad griffen und es drehten. Anders kamen die Wassergeister hier nicht weiter. Manchmal schäumten sie vor Wut und rollten mit den Augen, und es sprudelte aus ihnen heraus: Muss das schon wieder sein?

Aber da mussten sie durch.

Der Mühlengeist liebte es, wenn das wassertriefende Holzrad um die eigene Achse rumpelte und auch ein bisschen ächzte. Zeit zum Träumen.

Doch irgendwann verschwanden die Naturgeister. Die Traumzeit war vorbei. Die Wiese war nur noch für Schafe da, die Bäume wurden gefällt und das Wasser floss stumm und träge dahin. Er war wieder der Mühlengeist und hatte noch eine Rechnung offen. Der Mühlengeist hielt Ausschau nach dem Roten Veit. Doch der konnte nicht mehr kommen. Das wusste er nun.

Aber er wusste nicht, was passiert war. Von wem sollte der Rote Veit Gold bekommen? Und wer hatte diesen Mord geplant? Veit auf keinen Fall. Seine Art war grob: Abmurksen, verscharren, fertig. Aber niemals tagelang die Wand aufbrechen, dann wieder zumauern und ordentlich verputzen. Viel zu aufwändig für ihn. Irgendjemand hatte ihm eingeschärft, das so und nicht anders zu machen. Wer zog die mörderischen Fäden im Hintergrund?
Unklar war noch etwas anderes: Warum hatte der Rote Veit sich überhaupt auf diese Geschichte eingelassen? Schließlich war er ein gesuchter Verbrecher und musste um jeden Preis im Verborgenen bleiben. Warum tat er es nicht?
Leon und das Mädchen waren die Einzigen, die da etwas herausfinden konnten. Ein paar vielversprechende Gedankenfetzen waren durch die leicht gewebten Basecaps gerutscht. Jetzt ärgerte sich der Mühlengeist, dass er Julia den Trick mit den Basecaps verraten hatte. Er hätte bereits viel mehr wissen können.
Verknallter Esel, dachte er nur.

DIE GESCHICHTE VOM ROTEN VEIT

Im Traum flüchtete Erwin Möllner vor dem Mühlengeist und wäre um ein Haar auf dem Teppich gelandet. Irritiert öffnete er die Augen. Die helle Zudecke war bereits vom Sofa gerutscht.
So eine wilde Jagd ist nichts mehr für mich, dachte er

verschlafen und zog sich mühsam aufs Sofa hoch. Er gähnte und rubbelte sich die Müdigkeit aus den Augen. Die Decke zog er auf das Sofa und ging in die Küche.
Während Julia und Leon wieder Federball spielten, räumte Anna Möllner Geschirr in den Spülautomaten. Anschließend setzte sie Wasser auf, bereitete eine Tasse mit Pfefferminztee vor und wartete. Bevor das Wasser sprudelte, kam ihr Mann herein. Wortlos holte sie eine zweite Tasse aus dem Küchenschrank. Das Wasser im Kocher reichte für beide.
Das Chaos vom Vortag war längst verschwunden.
„Selten so schlecht geschlafen“, brummte Erwin Möllner und setzte sich an den Tisch.
Er bekam einen Beruhigungstee.
„Igitt“, meinte er nach dem ersten Schluck.
„Hilft aber“, motivierte ihn seine Frau.
„War es wieder da?“, fragte ihr Mann unvermittelt.
„Was denn?“
„Na, das moosgrüne Marsmännchen ...“
„Bitte, wer?“
„Na du weißt schon, dieser Typ, der durch jede Wand kommt.“
„Der nicht. Aber sag mal, wem hat unsere Mühle eigentlich früher gehört?“
„Meinst du, irgendein oller Müller geistert hier herum?“
„Nein, ich will's aber trotzdem wissen!“ Anna Möllner blieb hartnäckig.
„Warte mal. Das Haus ist lange eine Ruine gewesen. Niemand wollte da rein. War völlig verfallen, als unsere Familie das Anwesen für 'n Appel und 'n Ei gekauft hat. Wann das war, steht über der Tür – 1694. – Tja, aber wem hatte es davor gehört?"
Der Alte schlürfte seinen Tee und grübelte nach.
„Wer besaß damals die Mühlen?“, dachte er laut nach. „Im Mittelalter der Lehnsherrschaft: Klöster, Grafen, Fürsten. Später

auch wohlhabende Bürger oder Handwerker. Die Kaufurkunde von damals liegt in einer Schatulle unterm Bett. Aber das Papier ist alt, vergilbt und so gut wie nicht lesbar. Ich hab es mal probiert. Weiß also nicht, wem sie gehört hat."
„Das kann man doch herausbekommen!", rief jemand dazwischen.
Möllners erschraken. Ihre Köpfe schnellten zur Küchentür herum und die Herzpumpen rasten. In der Tür stand Leon.
„Gott sei Dank, du bist es."
Es hätte ja auch der Geist sein können.
„Julia und ich haben Durst."
Der Junge nahm zwei Flaschen Cola aus einem Kasten, der unter dem Küchenfenster stand, und fing an zu schwärmen: „Nichts ist spannender, als in Archiven nach alten Geschichten zu buddeln. – Hast du es deinem Mann schon erzählt ...?", brachte er seine und Julias Glanzleistung im Kriminalarchiv ins Gespräch.
„Bin grad dabei", antwortete sie.
Also noch nicht, dachte Leon.
„Weißt du, wem die Mühle im Jahr ... Leon, ich hab's vergessen. – Wann war das noch?", wandte sie sich an den Jungen.
„1385", sagte der.
„Blauenburg 1385", grübelte Erwin Möllner und schmunzelte: „Ist schon ein bisschen her, nicht?!"
Er nahm einen Schluck aus seiner Tasse.
„Das waren Bürgermeister Grünhubers Zeiten. Hat Blauenburg und sich selbst reich gemacht. Was dem alles gehört hat – davon konnte so mancher Adlige nur noch träumen: Ländereien, Dörfer, natürlich auch Mühlen. Schon mit einer konnte man reich werden. In Blauenburg war er beliebt wie kein anderer, aber die Adligen draußen in den Burgen wünschten ihm die Pest an den Hals. Grünhuber war clever, aber auch skrupellos.

Mit Geld und intriganter List ruinierte er die adligen Familien rings um Blauenburg. Es dauerte nicht lange, bis die kleinen Grafen und Fürsten pleite waren und ihre Ländereien verkaufen mussten. Grünhuber war dann stets mit Strohmännern zur Stelle und kaufte den adligen Besitz für ein Butterbrot auf.“
Er machte eine Pause und dachte nach.
„Ja, natürlich hat ihm die Mühle gehört!“, rief er plötzlich. Diese Erkenntnis traf ihn wie ein Blitz und ließ ihn für Sekundenbruchteile erstarren. Kurzzeitig standen ihm sogar die Haare zu Berge. Leon schien es zumindest so.
„Was du nicht sagst!“, blieb seine Frau skeptisch.
Die plötzliche Erkenntnis ihres Mannes war ihr aus irgendeinem Grund nicht geheuer.
„Überleg doch mal“, fuhr er fort, „nicht weit von hier hat bis vor ein paar Jahren Grünhubers Sommerhäuschen gestanden. Der Grund und Boden wird ihm ja wohl gehört haben ...“
„Ach, du meinst ...“, unterbrach ihn seine Frau.
„Genau“, fiel er ihr aufgeregt ins Wort.
„Jede Wette, dass dem reichen Bürgermeister Grünhuber die gesamte Flussaue unterhalb der Stadt mit sämtlichen klappernden Mühlen gehört hat! Der musste nicht knauserig sein und auf den Hektar sehen.“
Die Mühle der Möllners stand in dieser Wiesenlandschaft.
„Auch das lässt sich herausfinden“, rief Leon dazwischen. Er dachte natürlich an das Archiv.
„Was würde es bedeuten, wenn unsere Mühle 1385 tatsächlich Grünhuber gehörte?“, fragte Anna Möllner.
„Ist doch klar: Dann wusste er genau, was in der Mühle vor sich ging. Ich würde sogar noch weitergehen: Ein solches Verbrechen geschieht wegen des hohen Risikos, entdeckt zu werden, wohl nur in seinem ausdrücklichen Auftrag. Dafür braucht man verschwiegene Leute“, mutmaßte Erwin Möllner.

„Bingo, das passt doch", rief Leon. „Bei unseren Nachforschungen ist uns ein Bürgermeister Grünhuber ins Visier geraten."
Nun berichtete Leon Erwin Möllner, was er und Julia im Kriminalarchiv herausbekommen hatten, von dem Verdacht des unbekannten Mannes, den verstümmelten Angeklagten und deren Berufsstand.
„Hochinteressant!", rief er.
„Es sieht so aus, als wäre Bürgermeister Grünhuber unser Mann. Er hat Himmel und Hölle in Bewegung gesetzt, um den Prozess ins Rollen zu bringen und die gefährlichen Mitwisser loszuwerden, ohne sich selbst verdächtig zu machen. Aber warum hat der Müller sich überhaupt auf diese Sache eingelassen? Es war doch klar, dass er nach der blutigen Tat nicht hier bleiben konnte, sondern verschwinden musste – so oder so. Wer war dieser Mann? War das überhaupt ein Müller? Und warum ist das alles passiert?"
Bei diesen Fragen war der Mühlengeist, der hinter der Wand gelauscht hatte, bereits angekommen und hatte bereits weitergedacht.
Nun geschah etwas Merkwürdiges. Hinter der freien Küchenwand klopfte es. Der Geist war schon immer höflich gewesen.
Bei Möllners schnellte der Puls in die Höhe. Alle wussten, wer jetzt kam. Leon holte Julia in die Küche. Sie hatte im Hof auf eine Flasche Cola gewartet. Doch als sie hörte, was sich im Haus anbahnte, kam sie sofort mit.
Der Mühlengeist stand vor der Wand. Dieses Mal wurde er nicht mit dem Butterteller beworfen. Barrikaden wurden auch nicht gebraucht.
„Roter Veit", sagte er.
Seltsam, dachte Julia, die Stimme ist sanfter geworden. Sprechen ist wie Stimme ölen, schlussfolgerte sie.

Der Geist sah sie an und nickte. Julia wusste warum – Anna Möllner nicht.
„Was ist – heißt du so?“, fragte die Wirtin, die noch immer weiche Knie hatte und den Geist entsetzt anstarrte.
Kopfschütteln.
„Nein, ‚Roter Veit‘ war eine Antwort“, mischte sich Julia ein. „Habt ihr eine Frage gestellt?“
„Ja, wir rätseln, wer der Mörder war“, meinte Leon.

„Der hieß wohl Roter Veit“, sagte Julia.
Der Geist nickte.
„Uff“, war Erwin Möllner erleichtert. „Ich habe schon befürchtet, er stellt sich vor.“
Der Geist schüttelte mit dem Kopf und hob ratlos die Schultern.
„Seinen Namen kennt er nicht. – Warum bist du so erschrocken?“, erkundigte sich Julia bei Erwin Möllner.
„Der Rote Veit hat im Mittelalter hierzulande als Raubmörder und Auftragskiller zweifelhaften Ruhm erlangt. In blutrünstigen und schauerlichen Geschichten haben die Leute seine Verbrechen verewigt. In der letzten Geschichte, die von ihm be-

richtet, kämpft er mit Gevatter Tod. Es ging um sein Leben. Den Tod stellte man sich als mondbleiches Gerippe vor, das einen schwarzen Umhang umgeworfen hatte, einen schwarzen, breitkrempigen Hut auf dem Schädel trug und mit der rechten Knochenhand eine Sense schwang. Gevatter Tod gab sein Bestes, den Roten Veit geradewegs in die Hölle zu schicken. Aber so einfach war das nicht: Der Verbrecher wehrte sich. Es kam zum Kampf. Die Sense verletzte Veit am Hals und er entkam verwundet. Danach verliert sich seine Spur. Sicher starb er bald."

„Nein", sagte der Mühlengeist. „Er tauchte unter."

Der Mühlengeist kannte den wahren Kern, der in dieser Legende steckte, und erzählte vom Roten Veit. Wohlgemerkt vom wiedergenesenen, der nun die verräterische Narbe am Hals unter einem Tuch verstecken musste.

„Alle Welt wusste ja, dass jemand mit einer solcher Narbe gesucht wird", schloss er seinen Bericht.

„Warum konnte dieser Stänkerfritze plötzlich mit einer Mühle umgehen?", leuchtete Erwin Möllner nicht ein.

„Konnte er ja gar nicht", rief nun Leon. „Das war alles nur Tarnung. Es ging darum, den Jungen hier festzuhalten."

„Wenn das stimmt, steckte Grünhuber mit einem Verbrecher unter einer Decke. Grünhuber wusste ganz genau, wem er da seine Mühle gegeben hatte!"

„Das habe ich doch alles schon gesagt", regte sich Erwin Möllner ein bisschen auf.

„Fast, die Geschichte vom Roten Veit kannten wir da noch nicht. Das Bild wird langsam klar. Ein paar Details fehlen aber noch. Wo und wann ist der Rote Veit dem Bürgermeister über den Weg gelaufen?"

„Das wird immer ein Geheimnis bleiben. Interessant ist etwas anderes: Warum hat der Bürgermeister den Roten Veit nicht

verhaften lassen, als der ihm gegenüberstand?" Julia wollte endlich Klarheit in diesem Punkt.
„Ist doch klar. Grünhuber erkannte seine einmalige Chance. Den Plan, den Jungen zu entführen, hatte er wohl schon länger. Selber wollte er sich die Finger nicht schmutzig machen. Und plötzlich stand da jemand vor ihm, der ihm gehorchen musste, den er um jeden Preis erpressen konnte. Hätte der Rote Veit sich geweigert, hätte man fünf Minuten später das über ihn gesprochene Urteil vollstreckt. Auf der anderen Seite konnte diese Angelegenheit den Bürgermeister Kopf und Kragen kosten. Denn von nun an befand sich der Bürgermeister in der mörderischen Hand des Roten Veit und wusste, wenn er den Roten Veit mit dieser Entführung beauftragt, musste er ihn wieder loswerden, was ihm ja auch gelang", präsentierte Leon seine Überlegungen.
„Aber was kann ein Teenager einem Bürgermeister schon antun, dass der zu solchen rabiaten Mitteln greift?", fragte Erwin Möllner betroffen.
Ratloses Schweigen. Eigentlich unvorstellbar für jeden.
Aber Moment einmal. Eine Idee blitzte gerade in Leons Hirnwindungen auf. Was ist nun, wenn sie auf der völlig falschen Fährte waren!
Es ging überhaupt nicht um den Jungen!
„Wer war dein Vater?", wandte sich Leon aufgeregt an den Mühlengeist.
Aber der hatte keine Erinnerungen an seine Eltern. Nur die Zeit in der Mühle war ihm gegenwärtig. Und da tauchten seine Eltern nicht auf.

ANTWORT AUF FAST ALLE OFFENEN FRAGEN

„Ich hab da eben was gefunden!“, rief plötzlich jemand von der Tür her.
Nanu, wer ist denn das? Noch ein Geist?
Wieder schnellten alle Köpfe zur Tür herum.
Nein, weder ein Mühlen- noch ein Wassergeist. Hauptkommissar Schlöpfner stand bequem im Türrahmen. Es sah so aus, als würde er schon länger da stehen und als hätte er alles gehört.
„Durch das Museum ist jemand wie ein Elefant durch einen Porzellanladen getrampelt. Das hat sich bestimmt schon herumgesprochen, nicht wahr, Frau Möllner. Sie kennen meinen Verdacht und deshalb bin ich hier“, begann der Polizist und sah sich unter den Anwesenden um, als suche er jemanden.
Sein Blick fiel auf die ziemlich blasse, leicht durchscheinende Gestalt des Mühlengeistes, der neben Erwin Möllner stand.
„Du hast mit der Eisernen Jungfrau gespielt, stimmt's? Sag nichts, ich weiß das längst. Glück gehabt, mein Junge. Du bist ein Geist und kannst deshalb nicht bestraft werden. Du existierst nach unseren Gesetzen gar nicht. Folglich kann dir niemand an den Kragen. Blitzschnell könntest du dich unseren Blicken entziehen: dich in einer Wand, einem Mühlenstein oder in einem Baum verstecken, und das für Jahrzehnte. Und wir stehen uns davor die Füße platt. – Vergessen wir das, deswegen bin ich gar nicht hier“, spannte Schlöpfner alle An-

wesenden auf die Folter.
„Warum dann? Reden Sie!“, rief Erwin Möllner. Er platzte vor Spannung.
„Vor einer halben Stunde habe ich beim Aufräumen ein Schriftstück gefunden, das Antwort auf alle offenen Fragen geben kann ...“
„Was denn?“
„Einen Fehdebrief.“

„Einen Fehdebrief?“
„Fehde?“, grübelte Leon. „Das hört sich gewaltig nach Ärger an.“
„Das kann man wohl sagen“, stimmte Schlöpfner zu.
„Wo kommt der her? Ein Ausstellungsstück?“, fragte Erwin Möllner.
„Das ist es ja eben. Dieser Fehdebrief ist kein Exponat. Dem Museumschef war der völlig unbekannt. Als er den Brief überflog, sprach er gleich von einer riesigen Sensation. Die Eiserne

Jungfrau wird den Brief irgendwo herausgerüttelt haben. Der war irgendwo versteckt, aus gutem Grund. Der Fehdebrief stammt aus dem Jahr 1384."

„So ein alter Zettel soll eine Sensation sein?" Anna Möllner hatte da so ihre Zweifel.

„Ich hab in der Schublade Hunderte liegen. – Wollen Sie mal sehen?"

„Aber sicher keine, die vom Bürgermeister Grünhuber stammen, oder?", wandte der Polizist ein.

Doch dieser Trumpf saß nicht so richtig.

„Der Bürgermeister hat eine Fehde angezettelt. Na und? – Das kann ich auch!", entgegnete Anna Möllner angriffslustig.

Markus Schlöpfner rollte genervt die Augen. Kein Wunder, er wusste ja auch schon Bescheid. Ihn hatte der Museumschef bereits aufgeklärt.

„Immer der Reihe nach. Erstens: Fehden waren damals üblich, wenn auch nicht gern gesehen", begann der Hauptkommissar seinen Vortrag.

„Zweitens: Fehden waren so etwas wie Selbstjustiz. Bei Streitigkeiten wurden die Gerichte nicht bemüht. Die Streithähne regelten ihr Problem selbst, oft mit ziemlich rabiaten Mitteln. Meistens wurde eine Gewaltspirale in Gang gesetzt. Denn wer sieht sein Unrecht schon selber ein. Mord und Totschlag waren nicht selten. Die ausufernde Gewalt und die Uneinsichtigkeit der Leute war ein Grund dafür, warum Fehden irgendwann verboten wurden. Ein weitaus wichtigerer Grund war allerdings politischer Natur: Ein Landesherr entschied über Recht und Unrecht. Die Rechtsprechung wollte er natürlich nicht wild gewordenen Bauern, Handwerkern oder Adligen überlassen, sondern selber ausüben und daran verdienen. Und nun kommt Grünhuber wieder ins Spiel. Als Bürgermeister war er in allen Dingen dem Landesherrn verpflichtet. Und so war es eigentlich ein Unding, dass er eine private Fehde vom Zaun brach, gegen die Politik des Landesherrn."

„Gegen wen richtete sich die Fehde und worum ging es dabei und was hat das mit dem Mühlengeist zu tun?"

„Grünhuber trug seine private Fehde mit der Macht des Bürgermeisters aus und schreckte vor nichts zurück. Auch den Roten Veit und die Stille Barbara hat er als Mitwisser umbringen lassen."

„Lieber Herr Schlöpfner, ich möchte Sie bitten, mich nicht länger auf die Folter zu spannen. Das vertrage ich in meinem Alter nicht mehr. Und darum sagen Sie jetzt bitte, worum es in dieser fiesen Fehde ging. Den Rest reimen wir uns dann schon zusammen." Erwin Möllner sprach betont langsam. Sein Geduldsfaden war bis zum Zerreißen gespannt.

„Also gut. Grünhuber hatte einen verarmten Adligen im Visier, den Herrn der Dreißig Mühlen. Der hieß wirklich so. Er besaß Burg und ertragreiche Ländereien, einschließlich vieler Mühlen. Ob es tatsächlich dreißig waren, weiß ich nicht. Aber das war alles nicht mehr viel wert. Grünhuber ließ die Ländereien verwüsten und die Bauern vertreiben. Nach jedem Scharmützel stand Grünhuber vor dem Burgtor und schwenkte den Kaufvertrag. Doch der Herr der Dreißig Mühlen blieb standhaft. Und nicht nur das. Er versuchte den Spieß umzudrehen und griff mit ein paar Getreuen Grünhubers Ländereien an. Doch das bekam ihm schlecht. Eigentlich wollte Grünhuber die wertvollen Mühlen schonen. Aber nun wurde er blind vor Zorn und fing an, die Mühlen in Brand zu stecken. Dummerweise half der jüngste Sohn des Herrn der Dreißig Mühlen in einer Mühle seines Vaters aus. Leute waren rar geworden. Grünhuber erkannte ihn und nahm ihn als Geisel."

„Ach, deshalb die Müllerkleidung", ging Erwin Möllner nun ein Licht auf.

„Was geschah weiter?“ Julia war völlig gebannt von der Erzählung. Leon ging es nicht anders.
„Jetzt erst setzte sich Grünhuber an seinen protzigen Schreibtisch und schrieb den ausführlichen Fehdebrief. Daher wissen wir das alles. Eigentlich ist es kein Fehdebrief, sondern ein Erpressungsbrief geworden: Ländereien gegen Leben des Sohnes.“
„So ein fieser Kerl“, entfuhr es Julia.
„War er mittlerweile so verbohrt, dass er tatsächlich glaubte, ein Anrecht auf die Ländereien zu haben?“, fragte Leon.
„Alles nur ein Vorwand. – Wie die Tragödie weitergeht, können wir nur erahnen. Der Herr der Dreißig Mühlen hat überall nach seinem Sohn gesucht. Als er in seiner Verzweiflung Grünhuber während einer Audienz an die Kehle ging, waren die Würfel gefallen. Und deshalb stehst du, Johann, – wir haben auch deinen Namen gefunden – jetzt als Mühlengeist unter uns. Ich weiß, es ist kein Trost, aber dein Vater hat einige Jahre später als Anführer von Aufständischen Grünhuber gestürzt. Der starb Monate später in seiner Zelle. Seltsam daran ist, dass Grünhuber nichts mehr sagen konnte. Ihm fehlte die Zunge. Wir wissen nicht, wer ihn verstümmelt hat. Aber dein Vater kann es nicht gewesen sein. Denn dein Vater hatte ein Interesse, dass Grünhuber spricht. Er hatte die Hoffnung nicht aufgegeben, dich zu retten. – Wir wissen nicht, in welchem Machtspiel Grünhuber nun den Kürzeren gezogen hatte. Das hatte sicherlich mit Landraub und Machtspielen zu tun. Irgendjemand befürchtete wohl, dass Grünhuber ihn verraten könnte.“
„Wenn die Fehde des Bürgermeisters so brisant war, warum hat er dann einen Beweis in Schönschrift hinterlassen?“, konnte sich Leon nur wundern.
„Gute Frage. Wahrscheinlich hat Grünhuber sich das auch

gefragt, als er den Brief geschrieben und unterzeichnet hatte. Doch statt ihn zu vernichten, versteckte er ihn – warum auch immer. Vielleicht hat es ihm gefallen, seine gemeinen Gedanken halbwegs geordnet zu sehen. Die Fehde hat er wohl mündlich übermittelt. Und der Brief war bis gestern Nacht zwischen den Exponaten aus seinem Besitz versteckt. Im Grunde ist Johann selber darüber gestolpert."
„Gott sei Dank sind solche Bürgermeister selten", atmete Julia auf.
„Grünhuber war ein kleiner König, der sich viele Feinde gemacht hat. Und die haben ihm eines Tages gewaltig auf die Finger geklopft", fasste der Hauptkommissar zusammen.
„Grünhuber ist doch ziemlich reich gewesen. Was geschah mit seinem Besitz?", interessierte sich Erwin Möllner.
„Der wurde unter seinen Feinden aufgeteilt. Jeder bekam etwas ab. Ich habe da mal nachgeforscht", antwortete der Polizist und machte eine Pause. Spannung lag in der Luft.
„Ihre Mühle, lieber Herr Möllner, wollte anfangs niemand haben", fuhr Schlöpfner fort. „Hatte sich doch ein Käufer gefunden, verkaufte der sie schnell wieder. Sie können sich bestimmt denken, warum: Johann hat hier gespukt. Nicht schlimm, auch nicht grauenerregend. Aber wohl fühlte sich niemand. Die Mühle verfiel allmählich. Und dann kaufte vor ungefähr 300 Jahren Ihre Familie die Mühle für einen Appel und ein Ei. Die Leute konnte offensichtlich nichts schockieren. Sie machten sich nichts aus dem Geist und lebten mit ihm. Johann ist ja ein freundliches Wesen. Geister sind heutzutage kein Thema mehr, glauben die meisten Leute, auch wir haben das geglaubt. Aber dann stand Johann vor uns."
Der Fall war gelöst, aber noch längst nicht abgeschlossen.
Denn da fehlte noch etwas!

WIE GEHT ES MIT JOHANN WEITER?

„Wir sollten Johanns Knochen endlich ausbuddeln“, meinte Leon.
„Dafür müssen wir mit einem Schlagbohrer ran“, gab der Hauptkommissar zu bedenken.
„Dann müssen wir es eben tun“, meinte Julia ganz selbstverständlich.
„Was sagen wir unseren Eltern?“, fragte Leon.
„Willkommen im Schlagbohrer-Urlaub, hier sind Ohrstöpsel“, schlug Julia lachend vor.
„Nein, im Ernst. Am besten wir schicken sie auf einen Tagesausflug, unter einem Vorwand bleiben wir natürlich hier. Dann haben wir einen Tag Zeit. Was meint ihr?“, fragte Leon.
„Ein Tag ist zu wenig. Wir wissen doch gar nicht, wo genau die Knochen liegen. Müssen testen ...“ Der Hauptkommissar war es gewohnt, alles was er tat, vorher genau abzuwägen.
„... das kann uns Johann doch zeigen“, wandte Leon ein.
„Aber die Wände sind dick, die Lage der Stützpfeiler unbekannt. Und wenn die Füllung aus Feldsteinen oder gar riesigen Findlingen besteht, na dann gute Nacht. Ein Tag reicht dann nicht mehr“, argumentierte Schlöpfner. Und da hatte er Recht.
„Dann hab ich einen anderen Vorschlag“, kramte Leon weiter in seinem Ideenpool.
„Der Museumsdirektor kann doch eine archäologische Ausgrabung in Szene setzen. Wetten, meine Eltern sind davon total

begeistert und deine auch, Julia – todsicher", war Leon überzeugt. „Anderswo zahlt man dafür Eintritt!"
„Und wonach suchen wir? Ich meine, wie wollt ihr eure Eltern ködern?", mischte sich Anna Möllner nun ein.
„Ist doch klar, die Profi-Maulwürfe suchen nach einem Grab aus dem Mittelalter. Hinweise gibt es ja genug, dass hier jemand vergraben ist. Im Übrigen können wir erzählen, was wir wollen, auch von verbuddelten Schätzen, geheimnisvollen Zeichen, alten Grundmauern und so weiter. Aber von Geistern lieber nichts sagen. Sonst schalten sie beim Thema Schlagbohrer auf Durchgang."
„Nicht schlecht", lobte Markus Schlöpfner. „Ich nehme gleich eine Woche Urlaub und buddle mit!"
Endlich mal ein Abenteuer, bei dem er die Handschellen zu Hause lassen konnte.
„Moment noch", stoppte Julia seinen Elan.
„Wir reden und planen schon und dabei haben wir Johann noch gar nicht gefragt. Will er das alles überhaupt und wo bringen wir seine 206 Knochen hin? Wo will er in den nächsten 600 Jahren spuken oder will er auf dem Friedhof endlich seine Ruhe finden? Das müsste schon vorher klar sein, findet ihr nicht?"
„Julia hat Recht", fand nicht nur Leon.
Alle sahen Johann an.
Für ihn war alles ein bisschen viel auf einmal. Er war blasser als sonst. 600 Jahre rachedurstig gefangen in der Mühle und nun fragte man ihn Knall auf Fall, wo er bitte schön seine Knochen hingebracht haben möchte. Eines war sicher: Auf den Friedhof wollte er auf keinen Fall. Die ewige Ruhe war ihm verhasst. Er überlegte. Ihm war natürlich klar, dass man seine Knochen nicht alle Jahre wieder ausbuddeln und woanders hinbringen konnte. Es musste also ein Ort sein, an dem es sich ein paar

Jahrzehnte aushalten ließ.
Auf Anhieb fiel ihm ein solcher Ort nicht ein. Kein Wunder, er kannte ja kaum was.
Aber kaum ist ja nicht nichts!
„Marktplatz“, sagte Johann. „Da ist viel los. Da wird gehandelt, montags mit Gänsen, Hühnern und Eiern, mittwochs mit Ziegen, Pferden und Rindern, freitags mit Brot, Butter, Käse, Obst, Fleisch, Fisch und Wurst, samstags mit Töpfen, Schüsseln, Schalen, Tellern und Tassen. Dienstags und donnerstags sind Gaukler und Spielleute zu Gast. So mancher Redner hat sich hier um Kopf und Kragen geredet. Mit meinem Vater bin ich oft da gewesen.“
Er sah in die Runde, niemand sagte etwas.
Aber alle dachten dasselbe: „Heute sieht's da ganz anders aus.“
Johann las den Gedanken. Nur Julia und Leon wussten, dass er das kann. Sie sagten nichts.
Der Hauptkommissar klärte Johann auf:
„Das ist lange her. Heute ist nur einmal pro Woche Markttag. Aber der ist eigentlich überflüssig. Man bekommt alles im Supermarkt.“
Johann sah in seinen Gedanken das Bild eines Supermarktes vor sich und erkannte die Vorteile: Selbst bei Regen, Schnee und Sturm konnte man einkaufen. Nichts flog in den Dreck. Diebe wurden meist erwischt. Was man so benötigte und eigentlich noch viel, viel mehr, war immer da und gab es meistens frisch und gut gekühlt. Er hasste stinkenden Fisch.
„Na gut“, sagte Johann. „Und was ist mit dem Marktplatz? Wozu ist der da?“
„Touristen“, seufzte der Hauptkommissar. „Tagein, tagaus Touristen!“
„Wie Sie das sagen! Als hätten Sie was gegen uns!“ Leon und Julia sahen ihn empört an.

Der Hauptkommissar bemerkte, dass er den beiden wohl gerade „auf die Füße getreten war". Deshalb beeilte er sich zu sagen:
„Äh, also – nichts gegen Touristen, aber die lassen sich viel zu oft beklauen und machen Arbeit. Ansonsten fotografieren sie, was ihnen vor die Linse kommt. Brunnen, Rathaus, alte Häuser."
„Na gut, wenn das so ist", waren die beiden offensichtlich wieder versöhnt.
Fotografieren? Was ist denn das? – Johann konnte damit nichts anfangen.
Leon sah sein fragendes Gesicht.
„Das da ist ein Foto", sagte Leon und zeigte auf ein Kalenderbild, das neben der Tür hing. Eine Sommerlandschaft mit vorbeiradelnden Fahrradfahrern vor und einer Kuh hinterm Elektrozaun. Ein eingefangener Augenblick. Denn im nächsten waren die Fahrradfahrer verschwunden und die Kuh stand wieder allein da.
Johann verstand. Wie das möglich war, konnte er sich in seinem mittelalterlichen Geisterschädel allerdings nicht vorstellen. Wie auch? Chemie gab es vor 600 Jahren kaum und wenn, dann nur in geheimen Laboratorien, in denen es furchtbar stank. Doch diese geheimnisvollen Orte hatte Johann nie kennen gelernt. „Na, wie wär's?", fragte Leon lachend. „Als plätschernder Brunnengeist auf dem Marktplatz oder als bebender und fallenstellender Stufengeist in der Rathaustreppe?"
„Was, du willst Johanns Knochen einfach in den Brunnen werfen oder unter den Treppenstufen verbuddeln?!" Julia war empört.
Leon verstand die Aufregung nicht.
„Na, irgendwo müssen sie doch hin", verteidigte er sich.

„Egal wo Johann hinzieht, seine Knochen müssen mit."
Julia wusste das natürlich. Aber sie war frustriert, weil Leon auf Johanns Kosten Witze machte. Zumindest kam es ihr so vor. Aber eigentlich ging es Julia um etwas anderes. Sie wünschte sich insgeheim, dass Johann mit ihr und Leon Abenteuer erlebte: in Blauenburg, zu Hause, wann und wo auch immer. Julia konnte sich nicht damit abfinden, dass das nicht möglich war. Denn Johann war ein Geist aus dem Mittelalter und längst nicht so mobil wie sie beide.
„Wie wäre es, wenn wir ihn in der Stadtmauer unterbekommen?", schlug Leon unterdessen vor.
„Stadtmauer? – Warum denn das? Willst du, dass Johann als Nachtwächter zwischen den Turmzinnen spukt?"
Julia hatte schon wieder was zum Meckern. Egal was Leon vorschlug, Julia hatte garantiert was dagegen.
„Was sagst du, Johann?", wandte sich Anna Möllner an den Geist. Wenn Johann endlich mal was sagen würde, konnte der Streit geschlichtet werden, noch bevor er richtig ausbrach.
Johann überlegte. Wie sagte er es ihnen am besten?
„Brunnen? – Nein, da wird man nass bis auf die Knochen! Rathaustreppe? – Um Gottes willen, die Leute trampeln auf meinen Knochen herum! Stadtmauer? – Nein, da blamiere ich mich als Mitternachtsgespenst ja bis auf die Knochen. Ich habe eine andere Idee."
Doch mehr sagte Johann nicht. Nicht einmal Julia und Leon verriet er etwas.
Stattdessen unterhielt er sich lange mit Markus Schlöpfner. Der hörte ihm aufmerksam zu.
Die Folge war, dass der Hauptkommissar sofort zwei Wochen Urlaub nahm.
Einige Stunden später brachte er Klaus Beermann in die Mühle mit.

Unter Federführung des Kriminalmuseums wurden Johanns Knochen ausgegraben. Die Ausgräber mussten nicht lange suchen. Johann zeigte ihnen, wo sie den Schlagbohrer ansetzen mussten. Wie vermutet, lagen seine algengrün schimmernden Knochen, Arme und Beine noch immer gefesselt, in der feuchten Wand zwischen Küche und Mühlenrad.
Julias und Leons Eltern wurden nicht auf Exkursion geschickt. Wie vorausgesagt, waren sie fasziniert von den Ausgrabungen und halfen fleißig mit. Von Johann sagte ihnen niemand etwas. Julia und Leon waren ziemlich enttäuscht und niedergeschlagen.
„Haut er jetzt einfach ab, ohne sich zu verabschieden?“, fragte Julia Leon und war den Tränen nah.
„Das hätte ich von Johann nicht gedacht. Aber ein Geist ist eben kein Mensch. Vielleicht merkt er einfach nichts mehr. – Also: Schwamm drüber!“, versuchte Leon Julia zu trösten.
Doch so einfach war das alles nicht.

DIE GRABKAMMER

Zeitgleich mit der Ausgrabung in der Mühle wurde das Museum wiederaufgeräumt. Die Schäden waren nicht so schlimm wie befürchtet. Nach wenigen Tagen konnten einige Räume wieder eröffnet werden. Ein neues Highlight und zukünftiger Besuchermagnet sollte den Gästen bei dieser Gelegenheit erstmals präsentiert werden. Wie und wo dieses sensationelle Exponat so plötzlich aufgetaucht war und worum es sich dabei handelte, konnte niemand sagen. Es gab nicht einmal Gerüchte.

Dem Hauptkommissar war es wichtig, dass Julia und Leon nicht fehlten. Doch ihre Neugierde war mit Johann verschwunden. Um sie wieder zu wecken, versprach er ihnen Cola und Limo in Strömen, riesige Berge von Cheese- und anderen Burgern, Fruchteis und Süßigkeiten in rauen Mengen und eine riesige Überraschung zum Schluss. Man konnte meinen, ein Kinderfest sollte gefeiert werden. Er versuchte ihnen die Fete im wahrsten Sinne des Wortes schmackhaft zu machen.

„Mal sehen“, antwortete Leon lustlos.

„Überlegt es euch“, verabschiedete sich der Polizist.

„Wieso will er uns ködern?“, wandte sich Julia an Leon, als sie wieder allein waren.

„Mäuse lockt man mit Speck oder Käse, Bücherwürmer mit Büchern – und widerspenstige Kinder mit was Süßem, meint zumindest Hauptkommissar Schlöpfner. – Igitt, das eklige Zeug. Mich könnte höchstens die Überraschung vom Hocker reißen.“

„Vielleicht will er einfach nur, dass wir dabei sind“, meinte er nun.

„Warum will er das?“, fragte Julia misstrauisch. Sie wehrte alles ab, was irgendwie mit Johann zu tun hatte. Das Museum gehörte schließlich dazu.

„Tja, darüber können wir uns jetzt die Birne zermartern. Noch besser ist es, morgen da mal hinzugehen. Wegen der Überraschung.“

Und gegen einen Cheeseburger hatte er auch nichts einzuwenden. Aber das sagte er nicht. Julia könnte sich von ihm verraten fühlen.

Am nächsten Tag war es so weit. Leons und Julias Eltern waren ziemlich aufgeregt und schon früh auf den Beinen. Julia hatte miserabel geschlafen und keine Lust aufzustehen. Aber Leon ging ihr mit Klopfen an die Tür dermaßen auf den Wecker, dass sie wütend die Bettdecke zur Seite warf, aufstand und im Zimmer umherpolterte.
„Ist ja gut, ich komme ja schon“, rief sie durch die Tür, vor der Leon stand und noch immer hartnäckig klopfte.
Möllners blieben zu Hause. Nach der Ausgrabung sah es in der Mühle noch immer wie auf einer Baustelle aus. Es gab viel zu tun – fegen, wischen, malern.
Nach dem Frühstück gingen Julia und Leon mit ihren Eltern durch das Riesenzeller Stadttor hinauf ins Museum.
Julia war noch immer mies gelaunt. Sie legte ein scharfes Tempo vor. Leon hatte Mühe, Schritt zu halten.
„He, was ist denn los? Warum rennt ihr so?“, rief Leons Vater den beiden in den Rücken. Vor allem Julias Hektik passte einfach nicht zu diesem beschaulichen Urlaubstag, den er sich inmitten von gespickten Hasen, Streckbänken und anderen Folterutensilien versprochen hatte.
Aber Julia war das egal. Sie hatte andere Sorgen.
„Wir gehen schon mal vor“, sagte sie nur und ging weiter, Leon stiefelte hinterher.
Am Eingang wartete ungeduldig Hauptkommissar Schlöpfner. Als er Julia und Leon im Gewühl der Eröffnungsgäste entdeckte, freute er sich und rief ihnen zu:
„Schön, dass ihr doch gekommen seid. Kommt mit, ich habe was für euch.“
„Der schon wieder!“, meinte Julia schnippisch. „Was will er uns denn zeigen?“
„Woher soll ich das wissen! Im Übrigen nervst du langsam“, brummte Leon.

„Er weiß doch, dass ihr neugierig seid", mischte sich plötzlich Leons Vater ein.
Leon staunte nicht schlecht. Sein Vater hatte einen Zahn zugelegt und ging mit den Kindern nun, wenn auch schnaufend wie eine uralte Dampflok, auf gleicher Höhe.
Bald hatten sie das Museum erreicht.
Während Leons Vater sich umdrehte, um nach den drei Nachzüglern Ausschau zu halten, öffnete Markus Schlöpfner blitzschnell eine schmale, unscheinbare Nischentür und schob die beiden Kinder da hinein.
Sie ließen Leons Vater im Gewühl allein stehen.
Leon fand das nicht so toll und sagte das auch.
„Geht nicht anders", meinte Schlöpfner bedauernd. „Ihr werdet schon sehen, warum."
Na gut, sagte sich Leon, früher oder später laufen wir ihnen ohnehin wieder über den Weg.
Hinter der schmalen Tür begann eine Wendeltreppe und führte abseits des Besucherstroms bis unters Dach. In der dritten Etage verließen die drei Geheimniskrämer den Gang und standen auf dem Flur, von dem Ausstellungsräume abzweigten.
Totenstille war hier, außer einer Festbeleuchtung reinweg gar nichts los.
Julia sah den Polizisten fragend an. Und jetzt?
Der sagte nichts, sondern ging voran.
Plötzlich standen sie in einem Raum mit gedämpftem Licht und bleigrauen Wänden. Das gleichmäßige Rumpeln und Wasserrauschen von Mühlrädern war zu hören. Im Raum waren Lautsprecher installiert, aus denen diese Geräusche kamen. In der Raummitte stand eine Vitrine. Was drin war, konnten sie von der Tür aus nicht sehen. An den Wänden hingen Bilder, die von kleinen Lampen direkt beleuchtet wurden. Unheimlich war das Ganze.

„Wie in einer Grabkammer“, flüsterte Leon.
Der Hauptkommissar nickte ernst.
Julia wusste sofort, in wessen Grabkammer sie standen.
Leon war auch nicht auf den Kopf gefallen.
Sie hatten Johann wiedergefunden.
„Hier ist er also“, sagte Julia leise und kämpfte mit den Tränen.
Im Nu hatte sich ihr Ärger verzogen.
„Nur seine Knochen“, meinte Leon trocken.
„Wo ist Johanns Geist? Wann können wir mit ihm sprechen?“
„Schaut euch hier erst mal um“, sagte Markus Schlöpfner und blieb an der Tür stehen.
Julia und Leon gingen zur Vitrine. Da lag ein Gerippe, Johanns Skelett.
Auf einer Tafel stand: „Mordopfer aus dem Mittelalter, bei Bauarbeiten in Möllners Mühle gefunden. Beachten Sie die Fesselungsspuren an Hand- und Fußgelenken. Junge war keine 20 Jahre alt. Er wurde eingemauert. Auffindesituation in der Wassermühle ist hier nachgestellt.“
Leon sah genau hin. Was er entdeckte hatte, verblüffte ihn. Tatsächlich, da waren keine Fesseln, sondern nur die Spuren des Stricks zu sehen.
„Moment mal“, meinte Leon. „Warum keine Fesseln?“
„Also weißt du“, war Julia empört, als würde Leon dem armen Kerl aber auch gar nichts gönnen.
„Das ist tatsächlich ein wichtiger Punkt“, gab der Polizist zu.
„Ich hab es!“, rief Leon.
„Johanns Geist ist ja auch hier! Die Fesseln, die man seinen Knochen anlegt, würde man auch seinem Geist anlegen. Dass die Knochen nicht gefesselt sind, kann nur bedeuten, dass Johann frei durch das Museum geistert, stimmt's?“
„Im Prinzip ja! Er könnte auch mit gefesselten Knochen umhergeistern, aber ohne Fesseln geht's leichter“, sagte

Schlöpfner.
„Wo ist er?", fragte Leon
„Später", wich ihm der Polizist aus.
„Na gut. – Was ist mit den Bildern an der Wand?", lenkte Leon ein.
„Das ist Johanns Geschichte, ein Streiflicht in das Mittelalter, aus erster Hand erzählt", meinte der Hauptkommissar.
„So so, erzählt? – Wer erzählt die Geschichte denn?" Leon war nun aber echt gespannt.
„Johann natürlich selbst. Wer sonst?", kam ganz selbstverständlich die Antwort.
„Was denn – Johann selbst? ..."
„Wo bleibt er eigentlich?", mischte sich Julia ein.
„In ein paar Minuten geht es los und er ist mächtig aufgeregt. Aber er darf jetzt nicht weg. Der Boss hat es ihm verboten."
„Seit wann lässt sich Johann was sagen und sogar verbieten?", war Leon verblüfft.
„Seit er Museumsangestellter ist", schmunzelt Schlöpfner.
„Ein Geist als Museumsangestellter?" Julia konnte es einfach nicht glauben.
„Ja, ja. Es war gar nicht so leicht, Klaus Beermann von Johanns Qualitäten zu beeindrucken. Er kannte ihn ja nur als Poltergeist und Trampeltier im Mantel der Eisernen Jungfrau. Johann musste natürlich versprechen, sich zukünftig zu benehmen und nichts mehr durcheinanderzubringen."
Leon und Julia verstanden das alles nicht ganz.
„Johann soll leibhaftig erscheinen?" Das blanke Entsetzen stand beiden ins Gesicht geschrieben. Leons Kinnlade war nach unten geklappt und die ersten Fliegen schwirrten an.
„Mund zu, Fliegenalarm", raunte ihm Julia zu. Er hörte es nicht, war viel zu aufgeregt.
„Dann bricht Panik aus, wie bei einer Landung Außerirdi-

scher!", befürchtete er.
„Nicht, wenn man's geschickt anstellt."
„Wie soll das aussehen?"
„Wir stellen Johann als den besten aller Hausgeister vor. Das stimmt schließlich – mal ganz abgesehen davon, dass er wahrscheinlich der einzige Geist im Hause ist – und hört sich trotzdem nach einem gelungenen Scherz an", fand Schlöpfner.
„Muss ja keiner wissen, dass der vermeintliche Hausgeist ein echter ist", fügte er unbekümmert hinzu.
„Die Leute sind doch nicht blind!", wandte Leon ein.
„Erklären wir seine durchsichtige Erscheinung einfach als Wunder der Multimediatechnik, irgendeines Beamers vielleicht. Wichtig ist seine Stimme. Bedenkt, original 14. Jahrhundert! Extrem selten heutzutage, im Grunde einmalig."
Die beiden sahen Markus Schlöpfner an.
Was war mit dem Polizisten los? Keine Spur mehr von Gesetzen, Dienstvorschriften, Verdächtigungen, Handschellen. Jeder Gedanke daran schien aus seinem Kopf verschwunden zu sein. Stattdessen explodierte da gerade ein Ideenfeuerwerk. Wer weiß, wie lange schon. Immerhin hatte er für Johann im Museum alles eingefädelt.
„Na, dürfen Sie als Polizist überhaupt solche Ratschläge geben?", fragte Julia den Gesetzeshüter.
„Warum nicht? Ist doch nichts gelogen. Und mit Geistern beschäftigt sich heutzutage kein Gesetz mehr, oder hab ich da was verpasst?", fragte er, für einen Erwachsenen etwas zu übermütig.
„Keine Ahnung", brummte Leon.
„Wann kommt Johann denn nun endlich?" Julia fand, dass sie lange genug gewartet hatte.
„Ein paar Minuten, nachdem alle Besucher die Treppe hochgetrampelt sind", meinte der Polizist und lauschte. Noch war

nichts zu hören. Alle Besucher befanden sich noch im Erdgeschoss. Klaus Beermann hielt da seinen Eröffnungsvortrag, erwähnte aber den wahren Grund für die Verwüstung des Museums mit keiner Silbe. Stattdessen schob er alles „Einbrechern und Vandalen“ in die Schuhe, um die sich die Polizei schon noch kümmern werde. Einen Verdächtigen hätte man schon im Visier und man werde auf ihn aufpassen.
Er sprach laut und deutlich. Man konnte es im gesamten Haus hören.
Leon hatte gespannt zugehört.
„Na, das ist ja ein Ding“, schmunzelte Leon. „Die Wahrheit sagt er nicht, aber er lügt auch nicht. Also, das könnte ich nicht. Entweder ich sag die Wahrheit oder ich sag sie eben nicht. Aber der Museumsboss kann beides.“
Es stimmte ja, was Beermann sagte, und es stimmte auch wieder nicht. Johann musste man bei aller Sympathie als Vandalen bezeichnen und in der Person von Markus Schlöpfner hat sich auch schon die Polizei um ihn gekümmert. Dass der Vandale ein Geist war und ab heute ständig im Haus sein wird, durfte man natürlich keinem erzählen.
Markus Schlöpfner sah auf seine Armbanduhr.
„Kann nicht mehr lange dauern“, meinte er zu Julia.
Kaum hatte er das gesagt, wurde es im Treppenhaus laut. Die Besucher polterten die Treppen herauf.

JOHANNS ERSTE GEISTERSHOW

Es begann mysteriös. Direkt über Johanns Knochen tauchten plötzlich zwei Wörter auf, frei in der Luft schwebend und eisblau leuchtend. „Herzlich willkommen!“ wurde da gekrakelt. Ein Unsichtbarer, so schien es auch für die Zuschauer, war gerade dabei, diesen Gruß in die Luft zu kritzeln. Denn der Schreiberling war nicht zu sehen, nur der ebenfalls eisblaue Stift, der von einer unsichtbaren Hand gehalten wurde.
Ein kleiner Junge, der neben Julia stand, rief ganz laut: „Runter mit der Tarnkappe!“
Gelächter ringsum.
Aber Johann trug keine Tarnkappe. Er war auch ohne sie unsichtbar. Aus seiner unsichtbaren Welt heraus schrieb er diese Wörter. Klaus Beermann hatte sie ihm wie ein kleines Kunststück beigebracht.
Julia und Leon ahnten das natürlich.
Alle anderen glaubten an einen Trick. Die Leute sahen sich um. Stand hier irgendwo nicht jemand, der die beiden Wörter gerade eben auf eine Folie geschrieben hatte? Beamte nicht ein Projektor das „Herzlich willkommen!“ in den Raum? Ganz bestimmt! Aber wo stand der? Man sah sich um. Aber es war nichts zu sehen. Die Leute wurden etwas unruhig. Aber sie waren weit davon entfernt, an jemanden wie Johann zu denken.
„Ich glaub, es ist besser, du sagst mal was“, raunte Markus Schlöpfner dem Museumsdirektor zu. Beide waren in den ver-

gangenen Tagen Freunde geworden und duzten sich.
Klaus Beermann räusperte sich.
„Ja also, da kann man nur staunen, stimmt's?“, wandte er sich nun lächelnd an den Jungen, der an eine Tarnkappe gedacht hatte.
„Aber das alles hat mit der allerneuesten Technik zu tun“, erklärte er seinen Gästen. „Die Renovierung haben wir genutzt, um ein bisschen moderner zu werden. Wie Phönix aus der Asche gewissermaßen. Sie werden staunen, was die Technik alles kann. Mehr wird nicht verraten. Nur so viel, wenn es nach Spuk, Geisterhand, Tarnkappe und Ähnlichem aussieht, haben Computer, Projektoren, Funk- und andere zauberhafte Geräte ihre Power-Bites im Spiel. Die Geräte sind gut versteckt und alles wird echt aussehen. Fühlen Sie sich wie in einer Geisterbahn.“
Die Leute klatschten laut Beifall.
Klaus Beermann verneigte sich und dachte: Johann, du kannst anfangen.
Das ließ sich der Mühlengeist nicht zweimal sagen. Sofort ließ er den Stift fallen. Glücklicherweise stand Markus Schlöpfner in der Nähe, fing den Stift auf und ließ ihn unauffällig in der Tasche verschwinden.
Das war knapp. Er schwitzte.
Johann ging zu den Bildern an der Wand. Den Weg durch das Gewühl musste er sich nicht bahnen. Er lief einfach durch die Leute hindurch. Die merkten davon nicht viel, nur einen leichten Schauer, als würden sie für Sekundenbruchteile in eine Kühltruhe mit minus zwanzig Grad getaucht werden. Aber ihre plötzliche Gänsehaut schoben die Besucher auf die Wirkung der unheimlichen Atmosphäre im Raum, in dem es nun ziemlich dämmrig geworden war. Klaus Beermann hatte das Licht etwas heruntergedreht.

Nun fingen die Bilder an zu pendeln. Johann hatte ganz schön zu tun. Immerhin waren knapp zwanzig Zeichnungen, auf denen Johanns Schicksal abgebildet war, in Schwung zu bringen und auch zu halten. Er musste hin und her rennen. Geisterschweiß rann ihm von der Stirn.
Hätte Klaus Beermann seine Besucher nicht so gut vorbereitet, hätte man meinen können, ein schüchterner, weil fast lautloser Poltergeist treibe sein Unwesen und die Leute wären möglicherweise geflüchtet.
Aber nun kam der eigentliche Höhepunkt: Johann, der ja nicht einmal ein einziges Gramm wog, setzte sich im Schneidersitz auf die Vitrine. Dann wurde er allmählich sichtbar. Am Anfang war er kaum zu erkennen. Er sah aus wie Dunst und war durchscheinend, sodass man ihn kaum ausmachen konnte. So nach und nach setzte sich sein Bild zusammen, gewann an Schärfe und Kontur.
Dass Johann nicht plötzlich dasaß wie angeknipst, sondern so nach und nach erschien, war ein Wunder der Technik, glaubten die Leute. Sie waren fasziniert von diesem Spektakel.
Klaus Beermann hingegen ärgerte sich, dass er das Licht nicht kurzzeitig ausgeknipst hatte. Er hatte einfach nicht daran gedacht, dass Johann einige Zeit benötigt, um aus seiner Welt herauszuwabern und in der Menschenwelt sichtbar zu werden. Aber letztlich hat ja doch alles geklappt.
Die Besucher starrten Johann an. Er thronte auf dem Glaskasten, in dem seine Knochen lagen. Die Leute wussten ja nicht, dass Johann und die Knochen in der Vitrine zusammengehörten. Sein Umriss schimmerte in einem eisigen Hellblau. Es sah aus, als hätte jemand mit einem Stift eine Linie um ihn gezogen. Jede Bewegung, die er machte, ging auch die blaue Linie mit. Johann war klar und deutlich zu erkennen. Dennoch konnte man durch ihn hindurchsehen.

Und nun konnte man auch seine Stimme hören. Er hatte viel geübt. Das Geräusch einer knarrenden und polternden Brettertür war nicht mehr zu vernehmen, wenn er seinen Mund aufmachte. Seine Stimme war angenehm tief. Johann erzählte in kurzen Sätzen seine Geschichte. Das zur Episode passende Wandbild wurde von einem wandernden Lichtspot eingerahmt. Die Bilder waren allerdings ziemlich klein. Nur jene Besucher, die unmittelbar davor standen, konnten etwas erkennen. Doch die meisten sahen gar nicht hin, sondern lauschten, was Johann zu erzählen hatte.
Julia hörte kaum hin. Sie dachte: Johann, kommst du nachher zu uns? Wenn nicht, bin ich dir bis in alle Ewigkeit sauer.
Alle möglichen Gedanken der anwesenden Besucher schwirrten durch Johanns Geisterschädel. Aber die meisten interessierten ihn nicht. Julias Kopfwörter hatte er im Gedankengewirr gesucht und endlich entdeckt. Er wandte seinen Kopf zu ihr herüber und nickte. Das wurde aber auch endlich Zeit, seufzte sie. Die anderen Gäste waren verblüfft. Für die nickte

er nämlich an einer Stelle seiner Geschichte, wo es einfach nicht passte. Es ging gerade um Leben oder Tod. Johann ließ den Roten Veit ihn, also Johann, gerade fragen, ob er sterben wolle. Wie gesagt, Johann nickte.
Das muss ein Fehler in der Programmierung sein, dachten einige Besucher.
Johann schmunzelte. Aber auch das Schmunzeln passte nicht zu dieser Geschichte. Johann war das egal.
Julia auch, denn jetzt wusste sie, dass er sich auf das Wiedersehen genauso gefreut hatte wie sie.
Es dauerte nicht mehr lange und er hatte seine Erzählung beendet.
Klaus Beermann rief nun ganz laut, sodass es jeder hören konnte: „Den Beamer stellen wir jetzt ab."
Warum macht er das nicht einfach?, wunderten sich ein paar Gäste, sagten aber nichts.
Aber er sagte es für Johann. Nicht dass der noch auf der Vitrine thront, wenn die „Wundertechnik" längst keinen Strom mehr hat!
Er sagte es aber auch zu den Besuchern. Sie sollten sich nicht wundern, wenn der Vitrinendeckel plötzlich wieder leer schien. Obwohl der es natürlich gar nicht war.
Einen Augenblick noch saß Johann unsichtbar auf dem Glas und beobachtete die Besucher. Dann stieg er von der Vitrine und das Glas klirrte leicht.
Von Raum zu Raum nahm er den kürzesten Weg: gleich durch die Wände.
Im Büro des Museumschefs fand er Julia und Leon.
Die beiden freuten sich, als sie ihn sahen. Jedenfalls am Anfang. Doch dann kochte in Julia der Ärger wieder hoch.
„Hättest ruhig mal was sagen können. Verschwindest einfach! Schämst du dich wenigstens?", machte sie ihrem Ärger Luft.

Johann wurde blasser als gewöhnlich.
„Es sollte eine Überraschung werden", brummelte er kleinlaut.
„Die ist dir auch gelungen." Aber Julias Groll ebbte langsam wieder ab.
„Tut mir leid", raffte sich Johann zu einer Entschuldigung auf.
„Na ja, schon gut", vergab sie ihm.
„Gefällt es dir hier?", fragte Leon Johann und wechselte damit das Thema.
„Klar, es ist nicht so öde, hier passiert wenigstens was", sagte er und fügte schmunzelnd hinzu: „Und mit Butter bewirft mich hier auch niemand."
Plötzlich wurde Johann ernst: „Jeder kann mich sehen, aber niemand ahnt, dass ich tatsächlich ein Geist aus dem 14. Jahrhundert bin. Ich weiß nicht, ob ich mich darüber freuen oder ärgern soll."
„Es ist ganz gut so", meinte Leon. „Sonst würde es vor Geisterjägern im Museum nur so wimmeln und du hättest keine ruhige Minute mehr."
„Schade", meinte Julia unvermittelt, „in zwei Tagen reisen wir ab."
Sie würde sonstwas darum geben, wenn Johann mitkommen könnte. Aber das klappte nicht.
„Morgen hat das Museum geschlossen. Ich lade euch zu einer Geister-Schnipseljagd ein."
„Hm? Geisterschnipseljagd – wie soll das gehen?", fragte Julia.
„Ich werde 13 Spuren legen ..."
„Was denn für Spuren?", unterbrach ihn Leon.
„Na, Geisterspuren eben. Wenn ein Sonnenschirm sich plötzlich wie ein Propeller dreht und anhebt. Oder wenn ein Fahrrad ohne Fahrer übers Holperpflaster rast und alte Frauen, Kinderwagen, Laternenmasten, Häuser usw. elegant umkurvt. Oder wenn eine dicke Frau kreischend ihrer Eistüte

hinterherlaufen muss. Weil die Eistüte sie an der Nase herumführt und viel schneller ist als sie. – So was in der Art."

„Zu diesem Heidenspaß kommen wir. Nachmittags um zwei auf dem Marktplatz?"

Johann nickte.

„Jetzt gehen wir aber erst mal. Leons Vater wird ganz schön sauer sein. Wir haben ihn vorhin einfach auf der Treppe stehen lassen."